OPNIEUW BEGINNEN

Mies Vreugdenhil

Opnieuw beginnen

CITERREEKS

Van deze auteur verscheen ook:

De Brug
Irene-trilogie
Saskia-trilogie
Eva-trilogie

Eerste druk in deze uitvoering 2006

© 2006, Uitgeverij De Groot Goudriaan, Kampen
Omslagillustratie Hans Ellens
Omslagontwerp Van Soelen, Zwaag
ISBN 90 5977 114 1
NUR 344

I

Martha keek op de keukenklok en draaide het gas onder de pannetjes wat lager. Frank was laat vandaag en ze had nog wel zijn lievelingseten klaargemaakt. Sperzieboontjes en een gehaktbal.

Wacht, daar kwam hij aan. Hij parkeerde hun kleine blauwe auto in de parkeerhaven voor de deur en stapte uit.

Ze zag dat hij een plat pak uit de kofferbak haalde en de auto afsloot. Ze liep naar de voordeur, benieuwd wat hij bij zich had. Frank kuste het puntje van haar neus en zette het pak in de gang.

'Ik ben even langs de bouwmarkt gereden,' zei hij opgewekt. 'Je wilde immers zo graag een kastje onder de wastafel, nou toen ik las dat ze in de reclame waren, ben ik er een gaan kopen.'

'Wat fijn,' zei Martha blij. 'Maar je moet het wel zelf in elkaar zetten zeker?'

'Dat is een fluitje van een cent, dat doe ik vanavond even voor je.'

Martha knikte. 'Ik zou eigenlijk straks langs moeder gaan om de doopjurk te bekijken. Als die er nog goed uitziet, mogen we hem lenen voor Esther, dan is dat alvast in orde.'

'Dat kun je gerust doen. Zo lang duurt dat immers niet, en Esther ligt heerlijk te slapen. Hoe is het met onze dochter?'

Hij wachtte haar antwoord niet af. Zijn lange benen repten zich de trap op om zijn dochter een knuffel te geven.

Martha rende er achteraan. 'Laat ze maar lekker liggen Frank, ik heb haar, net voor ik met het koken begon, gevoed.'

'Oké,' zijn hand streelde het donkere bolletje. Hij pakte Martha's arm. 'Wat zijn we rijk hè, met zo'n kerngezonde baby. Al heb je er heel wat voor over moeten hebben; last van je nieren, hoge bloedruk en daarom veel moeten rusten.'

'Vergeet de bevalling niet,' herinnerde Martha hem aan alle pijn die ze had doorstaan.

'Nee, die vergeet ik zeker niet.' Hij gaf een extra kneepje in haar arm. 'Weet je Martha, ik ben geweldig blij dat ik een man ben. Mannen hoeven tenminste zelf geen geboorte mee te maken, het is al erg genoeg om het te zien. En je staat helemaal machteloos.'

'Nietwaar,' lachte Martha. 'Je kunt voor natte washandjes zorgen, moed inspreken, een knuffel geven, lieve dingen zeggen.'

'Helpt dat dan?'

'Nee, het helpt niet tegen de pijn. Daar moet je doorheen, maar het is wel fijn om iemand naast je te hebben die veel van je houdt en die verlangend uit-kijkt naar het kindje van samen.'

Ze keken elkaar aan, gelukkig met hun baby en met elkaar.

'Ik ruik geloof ik gehaktballetjes,' kwam Frank weer met beide benen op de grond.

'Dat heb je goed geroken, laten we ze maar gauw op gaan eten, samen met de bijbehorende sperzieboontjes.'

'Ha, lekker.'

Terwijl ze van het eten genoten stelde Frank voor om de afwas te doen.

'Dan kun je wat vroeger weg. Hoe laat heb je eigenlijk afgesproken?'

'Ik heb geen tijd gezegd. Gewoon, na het warme eten. Als we afgewassen hebben.'

'Maar je moet weer op tijd terug zijn voor de volgende voeding?'

Martha knikte. 'Ja, en als Esther zou gaan huilen bel je maar even, dan kom ik terug. Het gaat alleen om de doopjurk en daar zijn we het snel genoeg over eens.'

'Het zou leuk zijn, zo'n oude doopjurk. Nu ja, oude, hij is al wel een paar generaties in de familie, maar van een doopdienst zal hij niet verslijten.'

'Daar heb je gelijk in,' zei Martha. 'De jurk slijt nog het meest van het in de kast liggen, netjes in een doos. Maar na het dopen moet hij in ieder geval gewassen of gestoomd worden want vaak spugen baby's hun kleding vies. Moeder zou het zo leuk vinden als we hem zouden gebruiken. Ik ook trouwens.'

'Dan zijn we het volkomen eens. Moet ik nog iets doen aan Esther, een schone luier of zo?' Frank maakte er de bijbehorende gebaren bij alsof hij niets anders deed dan luiers verschonen. Martha schoot in de lach. 'Nee hoor, je kunt een keer gaan kijken of ze niet bloot ligt maar daar houdt het wel mee op.'

'Oké, dan zet ik dat kastje even voor je in elkaar. Zo kunnen je spulletjes er morgen al in.'

'Fijn,' zei Martha verheugd. 'Het zal er veel netter uit gaan zien.'

Ze bewonderde de ijver van Frank. Als er een klusje in huis te doen was, ging hij direct aan de slag. En in een mum van tijd was het ook voor elkaar. Dat had ze wel eens anders meegemaakt. Karweitjes die steeds op de lange baan werden geschoven, omdat de man de auto moest wassen of wilde gaan vissen of wat dan ook. Trouwens zelf was ze ook beslist niet onhandig. Ze kon een stekker aan een snoer zetten. En voor ze hun huis betrokken had ze alle deuren geverfd. Samen met Frank had ze behangen, de tegels geschrobt en in de keuken nieuwe deurtjes geplaatst zodat alles precies naar hun zin was. De vorige bewoners waren niet zo werklustig geweest, dat had ze direct al gezien. Maar ja, ze was blij dat ze een huis konden huren, want kopen had er niet ingezeten. Het leek wel of de prijzen verdubbeld waren, maar dat zou aan de invoering van de euro liggen zei iedereen.

Martha had nog steeds moeite om in euro's te denken en daarom gebruikte ze het omrekenmachientje nog regelmatig. Daar zal Esther geen moeite mee hebben, dacht ze. Die groeide met de euro op zoals Frank en zij met de gulden waren opgegroeid.

'We hebben het nu wel zo'n beetje gehad, hè Martha,' stoorde Frank haar gedachten. Ze keek op. 'Wat bedoel je?'

'Met de aankopen. Voorlopig hoeven we niet meer naar Ikea of de bouwmarkt.' Ze lachte hem vriendelijk toe. 'Nee, dan krijg jij tenminste ook een beetje rust. Met de meubeltjes van de babykamer ben je wekenlang iedere avond bezig geweest.'

'O, dat heb ik met alle liefde en plezier gedaan,' zei hij. Hij keek op zijn horloge. 'Als ik jou was, zou ik nu maar gaan, dan heb je nog wat aan je avond. Je ouders eten om zes uur altijd een boterhammetje, die zitten niet tegen een grote afwas aan te kijken.'

'Je hebt gelijk.'

Ze liep naar boven om haar haren te kammen en haar jasje aan te trekken. Op haar tenen sloop ze naar het wiegje, heel zacht, om Esther niet wakker te maken.

De baby lag heerlijk te slapen en Martha ging geruisloos weer naar beneden.

'Je gaat toch wel met de auto hè?' vroeg Frank. 'Als je terugkomt is het donker en als je de doopjurk in een doos bij je hebt, lijkt het me niet zo makkelijk fietsen.'

'Dat was ik al van plan.'

Het was ongeveer tien minuten met de auto naar haar ouders. Martha zelf had nooit een auto gehad, maar haar rijbewijs had ze wel. Een cadeau van haar ouders voor haar achttiende verjaardag. 'Later zul je er blij mee zijn,' had haar vader gezegd. 'Je weet nooit hoe het leven loopt, een rijbewijs hoort gewoon bij je opvoeding. Als je jong bent lijkt het nog rozengeur en manenschijn. Maar er kan van alles opdoen, zodat het fijn is dat je in ieder geval kunt autorijden.'

Ze was blij geweest met het cadeau en de zorgzaamheid die ze er achter proefde.

Haar ouders zaten al op haar te wachten. De gebloemde 'doopjurkdoos' stond op de tafel.

'Het ziet er allemaal heel goed uit,' zei haar moeder terwijl ze het deksel eraf haalde. 'Volgens mij hoef je hem niet te laten stomen. Kijk maar eens.'

Even later lag er een luchtige berg zijde en kant op het tafelkleed. Er was ook een piepklein mutsje bij. Martha stak haar vuist erin. 'Schattig hè, wel jammer dat er tegenwoordig geen mutsjes meer worden gedragen. Je zou er gewoon zin in krijgen. We doen het toch maar niet, de jurk alleen is ook een plaatje.' Ze spreidde hem op tafel uit.

'Wat denkt u, zou ik het er maar op wagen? Een beetje bijstrijken is volgens mij voldoende, net wat u zei.'

Haar handen gingen voorzichtig over de stof. Ze zag haar baby al voor zich in de lang afhangende jurk met het kant en de kleine strikjes.

'Weet je wat, ik laat hem na het dopen wel stomen, dan krijgt u hem schoon terug. Of mag ik hem misschien houden?'

'Die vraag is zeker een grapje?' zei haar vader, toen ze moeder zag aarzelen.

Ze schoot in de lach. 'Dat was het, hoor. Hopenlijk komen er nog meer kleinkinderen die gedoopt zullen worden.'

'Dat zou ik heel fijn vinden,' zei haar moeder, opgelucht, omdat ze op Martha's vraag niet in hoefde gaan.

'Ik wil er in de toekomst ook van profiteren hoor,' zei Annette die juist op dat moment binnenkwam. Martha keek haar zus lachend aan. 'Och jij, je hebt nog niet eens verkering, dus je bent wel erg voorbarig.'

'Ik zei toch: in de toekomst, en wat niet is kan komen,' sputterde die tegen. 'Hoewel, als verpleegkundige kom je meer mannen tegen, dan als kleuterjuf. Als Frank geen blindedarmontsteking had gekregen op het moment dat jij late dienst had, zou je hem ook niet hebben ontmoet.'

'Dat weet ik niet zo zeker,' mengde vader zich in het gesprek. 'Als je voor elkaar bent bestemd dan was je hem wel op een andere manier tegengekomen. Dat staat zelfs in het huwelijksformulier: God brengt nog heden ten dage aan een iegelijk zijn huisvrouw met Zijn hand toe.'

'Dan is er nog hoop voor me. Ik zal maar afwachten wie zich aandient,' zuchtte Annette.

'Ik vind het heel fijn Martha, dat ik Esther de kerk in mag brengen. Als ik het maar goed doe.'

'Zo moeilijk is het niet, hoor. Waar ben je bang voor?'

'Dat ik zal struikelen zodat ze uit mijn handen schiet.'

'Het is maar een klein eindje van de consistorie naar het doopvont,' stelde moeder gerust. 'Je hoeft er niet de hele kerk mee door.'

'Ja, dat is zo. Het is een beetje eng dat alle mensen naar je kijken.'

'Dat lijkt maar zo. Zit jij altijd naar zoiets te kijken? Welnee toch, meestal zoek je het opgegeven psalmversje op.'

'Ja, dat is waar.'

'Zijn we het allemaal eens over de doopjurk?' Moeder begon langzaam het tere gevalletje op te vouwen en legde het voorzichtig terug in de doos.

'Ik wil nog een nieuw hoedje kopen,' zei Martha. 'Mijn pakje kan nog wel, maar met dat hoedje kun je me uittekenen. Het is per slot van rekening een feestelijke dienst.'

'Het is een wonder dat God nog naar ons omkijkt,' meende vader. 'De trouw van God gaat over de geslachten, tot het duizendste geslacht toe.'

Martha was het er helemaal mee eens, ze verheugde zich erop dat haar kindje gedoopt zou worden. En Frank had dezelfde gevoelens. Het was voor hen geen formaliteit. Nee, het ging veel dieper. God wist van hun kindje af, zo was het toch? Hij zou haar naam horen en weten wie ze was.

Nadat moeder alles had opgeruimd ging ze koffie zetten. De kopjes werden klaargezet en de lepeltjes tinkelden op de schoteltjes.

'Is Bart er niet?' vroeg Martha naar haar jongste broertje, het nakomertje in het gezin.

'Hij zit zijn huiswerk te maken. Als je Esther bij je had gehad was hij de trap wel afgestormd, hij vindt het prachtig om de oom te zijn van zo'n lieve kleine baby.'

Martha glimlachte. Bart had een speciaal plekje in haar hart. Ze was altijd samen met haar zus Annette geweest. Daar scheelde ze maar twee jaar mee en dat was leuk. Behalve zusjes waren ze ook dikke vriendinnen en als ze om zich heen keken was dat niet altijd zo. Sommige zusjes waren steeds aan het bekvechten. Tot hun grote verbazing diende zich na jaren nog een baby aan. Martha was twaalf en Annette tien jaar toen hun nieuwe broertje in de wieg geluidjes lag te maken. Ze waren er allemaal dol op. Bartje was opeens voorzien van drie 'moeders' die hij heel slim tegen elkaar uitspeelde. Hij hoefde zijn mollige armpjes maar naar zijn zusje uit te steken of hij werd opgenomen en geknuffeld. Het was een lief, zachtaardig ventje dat rustig zijn gangetje ging.

Het was in haar gedachten altijd haar kleine broertje gebleven, hoewel hij bijna net zo groot was als zij en op de havo ijverig zijn best deed.

Op dat moment kwam hij binnen. 'Ik ruik de koffie en ik hoor de gezelligheid,' zei hij. 'Ha Martha, heb je soms toevallig Esther niet bij je?' Hij keek om zich heen.

'Dat weet je heus wel, anders was je direct naar beneden gerend. Ze is thuis in haar wiegje. Ik kom de doopjurk halen.'

'O ja, dat is waar. Ik had moeder ermee bezig gezien. Niet te begrijpen dat ik daar ook in heb gepast.'

'Hij was nog te groot voor je,' lachte moeder. 'Je was vijf pond bij je geboorte.'

'Nou daar ben ik wel overheen gegroeid,' meende hij stoer.

'Gelukkig maar,' klonk het van verschillende kanten en Martha bedwong de neiging eens lekker door zijn haar te roefelen, want dan schreeuwde hij moord en brand.

Ze genoot van de gezelligheid en dacht aan Frank die waarschijnlijk bezig was het kastje in elkaar te zetten. Om half tien hield ze het voor gezien.

'Ik ga er weer eens vandoor want Esther heeft haar borstvoeding nodig. 't Is heel fijn om te doen maar je moet wel altijd toveren met de tijd.'

'Het is ook het beste dat je je kindje mee kunt geven,' zei moeder vriendelijk.

'En je hebt het altijd bij de hand,' vulde Bart wijs-neuzig aan.

'Nou, jij hebt er verstand van, dat hoor ik wel,' zei Martha lachend en trok de doos naar zich toe.

'Ik zet hem wel even voor je in de auto, zus.' Bart sprong op.

'Een knuffel voor Esther en de groeten aan Frank. Ik kom van de week nog eens even aanwippen om haar te zien.' Moeder liep naar de voordeur en bleef in de opening staan, terwijl Martha het portier open-hield en Bart de doos voorzichtig naar binnen schoof.

'Bedankt Bart, tot ziens.'

Met een kalm gangetje reed ze terug. Het was intussen donker geworden en overal waren de straat-lantaarns aan. Behandig parkeerde ze de auto voor hun huis.

Frank had de overgordijnen nog niet gesloten en zag haar aankomen. Snel opende hij de voordeur en nam de gebloemde doos met de doopjurk van haar over.

'Alles rustig geweest?' vroeg Martha.

'Ze ligt heel lief te slapen,' zei Frank glimlachend. 'Nou die kan er wat van hoor. Ik heb een paar keer voorzichtig om de hoek gekeken en ze sliep als een roos. Zodoende is het kastje helemaal klaar Martha. Het staat zelfs al onder de wastafel.

'Je bent een schat,' zei ze en ze gaf hem een harte-lijke knuffel. 'Ik ga zo gelijk even kijken en daarna haal ik Esther uit haar wiegje. Ze zal wel honger hebben. Als jij even de gordijnen wil sluiten Frank, dan voed ik haar beneden.'

'Dat is goed.' Hij liep naar het raam en Martha wipte de trap op. In de douche bewonderde ze het kastje. Het zat keurig in elkaar. Wel fijn dat ze zo'n handige man had. Morgen zou ze het inrichten maar, nu eerst Esther.

Ze liep op haar tenen het babykamertje in en boog zich over de wieg. 'Zo meisje, etenstijd.' Ze sloeg het dekentje weg en wilde Esther oppakken. Maar het kindje bleef heel stil liggen. Opeens voelde Martha haar hart bonken. Een schrikgolf sloeg door haar heen en met haar hand streek ze over de zachte babyhaartjes.

Opeens begon ze te gillen...

2

De nachten waren het ergst. Zodra de geluiden van de dag in de slaapkamer doordrongen: het starten van een auto, de brommer van de krantenjongen, deuren die dichtsloegen en het schemerige ochtendlicht, kon ze opstaan en de nacht achter zich laten.

Vaak haastte ze zich naar het babykamertje om te zien of ze het allemaal niet had gedroomd. Maar de wieg was leeg. Alle ontroerend lieve spulletjes lagen er nog net zoals tijdens die fatale nacht.

Die nacht stond in haar hersens gegrift en alle verdere nachten waren er een afschaduwing van. Minuut voor minuut beleefde ze er opnieuw van.

Het rauwe gillen, de verschrikte kreten van Frank, de snelle rit naar het ziekenhuis, de medelijdende blikken van de arts, een familie die helemaal overstuur was. De politie... Daar was ze nog het diepst door gegriefd, maar het had erbij gehoord zeiden ze. Zo was nu eenmaal het protocol. Wát protocol, onbegrijpelijk en onfatsoenlijk had ze het gevonden. Maar het werd standaard gedaan bij wiegendood.

De arts had gevraagd of ze mochten onderzoeken wat er mis was gegaan.

Ze wilde het niet, maar Frank wel. Hij wilde de oorzaak weten, voor zover ze dat natuurlijk zouden kunnen vinden. En later, in de vroege morgen terug naar huis. Zonder Esther, naar huis waar de doos met de doopjurk nog op de tafel stond.

Voor haar gevoel had ze uren lang, handenwringend rondgelopen met alleen de vraag: waarom, waarom?

Frank had geprobeerd haar te kalmeren maar hij kreeg het niet voor elkaar. Ze wilde niet luisteren, ze wilde niet aangeraakt worden. Kortom, ze was niet te bewegen naar bed te gaan of iets te eten.

De huisarts moest er met een injectie aan te pas komen om haar tot rust te brengen, zodat ze eindelijk ging slapen. Ze kreeg wat slaaptabletten voor de eerste tijd, want het was niet goed om je hele dagen te verdoven, zei hij. Dat was je verdriet opschuiven en ontkennen, terwijl het dan later in alle hevigheid terug zou komen.

Frank gaf haar iedere avond één tablet. Hij hield de voorraad zelf onder zijn beheer. Misschien omdat hij bang was dat ze die allemaal tegelijk zou innemen.

'Maak je maar geen zorgen,' zei ze toen hij het slaaptabletje in haar hand legde. 'Tegenwoordig krijg je zomaar niets ergs van een paar tabletten extra. Vroeger waren ze veel gevaarlijker.' Frank zweeg dan, per slot van rekening had Martha als verpleegkundige meer verstand van medicijnen dan hij. Maar hij kwam op een kwade dag tot het besef dat hij niet alleen zijn kindje maar ook zijn vrouw kwijt was. Hij maakte zich verwijten dat hij zo hard aan het wastafelkastje had getimmerd dat hij niets van het hele drama had gehoord.

Hoewel iedereen zei dat het onzin was, want zoiets was nu eenmaal niet te horen, schopte hij de deurtjes uit het kastje.

Ze liepen allebei vast in hun verdriet; in plaats van dat ze dichter naar elkaar groeiden, werd de kloof alsmaar dieper.

Toen de predikant hen kwam opzoeken wilde Martha hem eerst niet binnenlaten. Ze had absoluut geen zin in troostende woorden. Die kon hij wel bij zich houden. Wat viel er nu te troosten? Het was allemaal voorbij. Maar iets in zijn gezicht bewoog Martha om de deur verder open te doen en hem binnen te laten.

'Mijn man is niet thuis.'

'O, dat hindert niet, ik heb ook verzuimd een afspraak te maken.'

'Heeft hij u soms gestuurd?'

De dominee aarzelde even. 'Nou, gestuurd zou je nu niet direct kunnen zeggen, maar hij weet het zelf ook niet meer.'

'Heeft mijn man zijn beklag gedaan?'

'Nee, beslist niet. Maar hij maakt zich zorgen om u.'

Martha dacht een ogenblik na. 'Komt u maar binnen, wilt u koffie, thee of iets fris drinken?'

'Helemaal niets. Ik kom alleen vragen hoe het met u gaat.'

'Slecht,' zei ze kort.

'Weet u, sommige dingen kunnen we niet alleen dragen, daar hebben we Gods hulp bij nodig. Het is te zwaar en te onbegrijpelijk voor ons.'

'Dat kan wel zijn, dominee, maar wat is het nut van zoiets? Veel kinderen zijn niet gewenst of lijden honger of sterven aan aids, zoals allemaal in Afrika gebeurt. Maar dit kindje was zo gewenst, we waren er zo gelukkig mee, waar hebben we dat aan verdiend?'

Dat hebben de kinderen in Afrika ook niet, dacht de predikant over de kromme redenering van Martha. Die verdienden ook een menswaardig en kindvriendelijk leven, niet alleen gewenste kinderen. Maar hij zei er niets van. Dat was alleen maar zout in de wond wrijven. Het jonge vrouwtje was nu op één ding gefixeerd en dat was ook heel begrijpelijk.

'En dan nog iets,' vervolgde Martha, 'sommige mensen leven er maar op los en daar gebeurt niets. We hebben altijd Gods wil willen doen, geen gemeenschap voor het huwelijk, ik stond als maagd voorin de kerk, hoewel dat best wel eens moeilijk is geweest. We zijn nooit te ver gegaan tijdens onze verkering en nu dit.'

'Zo moet je niet denken, meisje,' zei de dominee met mededogen. Hij liet het formele u varen. 'God zegent inderdaad een goed en rein leven. Maar de goddelozen en de rechtvaardigen overkomen dezelfde verdrietige dingen.'

'Ik vind dat niet eerlijk.' Martha zuchtte diep. Ze had het woord gemeen willen gebruiken en ze was blij dat ze dat nog net had binnen kunnen houden.

'Ik kan me voorstellen dat je zo denkt, maar het woord eerlijk is toch echt niet op zijn plaats. We mogen God geen verwijten maken.'

Martha tuurde uit het raam. Het gesprek ging heel anders dan ze zou willen. Ze wilde medelijden en beklag en geen gesprekken over aanvaarding.

Toen de predikant kort daarna vertrok omdat hij zag dat ze niet verder wilde praten en hij het gevoel had dat hij niet tot de kern kon doordringen, had Martha het idee dat ze nog verdrietiger achterbleef dan ze al was. Want wat haar dag en nacht bezig hield kon ze niet over haar lippen krijgen: de eeuwige bestemming van haar kindje.

Frank ging iedere dag naar zijn werk en kon er over praten. En praten luchtte op. Maar Martha kon dit niet. Het leek of er binnenin een klomp ijs zat die al haar bewegingen en gedachten bevroor. Het leven ging verder, alleen zij deed niet meer mee.

En dan waren er ook nog mensen die meenden haar te troosten door te zeggen dat ze nog zo jong was en dat ze, misschien, in de toekomst opnieuw een kindje zou krijgen.

Daar werd ze verbitterd van. Die mensen wisten niet wat ze zeiden, want wat had je eraan weer een kindje te krijgen dat je ook weer kon verliezen?

Ze vond het ook moeilijk om met haar ouders te praten. Haar vader kon zich al helemaal niet uiten, dat had hij nooit gekund. Het was een binnenvetter als je het zo kon noemen. Niet dat het hem niets deed, het raakte hem evenveel als de anderen, maar het bleef in zijn geest rondspoken en verwarring stichten. Martha leek wat dat betreft wel op haar vader. Haar moeder verwerkte het heel anders, die kon haar mond er niet over houden en dat stuitte Martha vaak tegen de borst. Want dan moest ze meedoen met het zoveelste gesprek en daar werd ze zo moe van, zo onvoorstelbaar moe.

Samen met Frank ging ze een grafsteentje uitzoeken. Haar vader had hun een envelop gegeven.

'Een bijdrage,' zei hij. Toen ze het niet wilden aannemen drong hij aan.

'Gun ons dat!' Martha zag zijn gezicht en pakte de envelop aan.

'Dank je wel, dat is heel lief van jullie,' zei ze vriendelijk.

Frank had van zijn ouders ook een geldbedrag gekregen en zo konden ze precies het mooie steentje betalen dat ze Esther wilden geven.

Daarna hadden ze het idee dat er iets was afgesloten wat nooit meer terug zou komen. Het zou alleen in hun herinnering blijven. Maar ze begrepen nog steeds niet waarom dat moest gebeuren.

Vooral ook omdat het ziekenhuis had laten weten

dat de sectie niets had opgeleverd. De doodsoorzaak was en bleef onbekend. En daar zouden ze het mee moeten doen. Frank zocht contact met andere ouders die hetzelfde was overkomen en hij leerde ervan dat ze niet de enigen waren die met dat onbegrijpelijk raadsel te kampen hadden, van wie het leven door het gebeurde helemaal was overhoop gegooid.

Toen er ergens een bijeenkomst werd gehouden wilde Frank erheen, maar Martha voelde er niets voor.

'Ga gerust je gang Frank, als ik het maar niet hoef. Wat heb je daar nu aan? Allemaal gepraat over iets dat toch niet terug te draaien is.'

'Het lijkt me fijn, zo'n bijeenkomst.'

'Nou, dan ga je toch? Ik zal het je niet beletten. Het enige wat ik wil, is rust aan mijn hoofd.'

'Goed, dan ga ik wel alleen.'

'Martha, het gaat niet goed tussen ons.' Frank probeerde zijn arm om haar heen te slaan, maar ze hield zich zo stijf als een plank.

'Ja, dat weet ik ook wel, maar ik kan er niets aan doen, Frank. Ik voel me zo leeg en koud en bevroren, net of al mijn gevoelens weg zijn. Trouwens dat is niet mijn schuld.'

'Van wie dan wel?'

'Van... van... ik weet het ook niet. Jouw schuld in ieder geval niet.'

'Is het misschien de schuld van de omstandigheden?' hielp hij haar, omdat hij bang was dat ze erge dingen zou zeggen. Woorden waar ze beslist spijt van zou krijgen.

'Laten we het daar maar op houden,' gaf ze toe, omdat ze hem begreep.

'We zijn ons huwelijksleven zo mooi begonnen, lieve schat. We houden immers van elkaar, maar het lijkt op het ogenblik of alles, wat we samen hadden, weg is.'

'Dat is toch zo, Frank!'

Hij zweeg even, omdat hij niet wist wat hij daarop moest zeggen. Alle gesprekken eindigden op hetzelfde punt. Hij probeerde over haar haren te strijken en haar hoofd tegen zijn schouder te krijgen maar ze gaf nog steeds niet mee.

'Houd je niet meer van me?'

'O, jawel hoor.'

'Waarom merk ik er dan zo weinig van?'

'Dat is niet zo,' protesteerde ze. 'Het huis is netjes aan kant, de was gestreken, de boodschappen gedaan, iedere avond staat de warme maaltijd klaar en zo kan ik nog wel een tijdje doorgaan, maar voor die dingen heb je helemaal geen oog.'

'Natuurlijk wel. Alles wat je opnoemt, is beslist een vorm van liefde en zorgzaamheid. Maar dat bedoel ik niet. We zijn geen maatjes meer. We leven ieder in een eigen hokje en dat doet pijn. Ik zou zo graag over alles met je willen praten, samen rouwen, samen bidden. Ik voel me zo alleen.'

'Ik ook Frank,' zei Martha zacht, 'ik zou eindeloos willen huilen, maar ik krijg de tranen niet uit mijn ogen geperst. Ik kan die dingen zomaar niet oproepen. Soms knijp ik mezelf in mijn arm, ben ik het wel, leef ik nog? En dan ga ik naar het kamertje van Esther om te zien of het allemaal waar is geweest, of er echt een kindje in het wiegje heeft gelegen. En als ik dan die kleine kleertjes in mijn handen pak, dan weet ik dat ze heeft geleefd.'

'Ga er eens met de dokter over praten,' opperde hij. 'Misschien verlicht dat de druk wat of krijg je medicijnen.'

'Waarvoor?' vroeg ze. 'Zijn er dan pillen die je wiegendood helpen vergeten? Kom nou, je weet wel beter. Mijn vader en moeder praten ook al zo. Iedereen weet wat het beste voor me is. Goede raad genoeg. Maar niemand heeft het immers zelf meegemaakt. Misschien zal de tijd het doen, ik weet het niet.'

Later, toen ze koffie hadden gedronken nam ze de krant op. Ze las altijd eerst de overlijdensberichten om te kijken hoe oud iedereen was geworden. Daarna viel haar oog op een advertentie die ze wel drie keer aandachtig las.

Bedachtzaam vouwde ze de krant dicht en legde hem opzij.

3

Ze zei er helemaal niets van tegen Frank, maar ze had de halve nacht liggen denken en woelen zodat ze tegen de ochtend pas in slaap viel.

Toen de wekker afliep stond Frank op. Hij was altijd direct wakker, omdat hij nu eenmaal een ochtendmens was.

'Je hebt niet zo goed geslapen hè?' vroeg hij vriendelijk. 'Ik heb het wel gemerkt, weet je wat, blijf nog maar even liggen, ik red me wel.' Hij gaf haar een knuffel en even later hoorde ze hem spetteren onder de douche.

Waarschijnlijk was ze weer in slaap gevallen, want ze hoorde iets op het nachtkastje zetten en deed verschrikt haar ogen open.

'Alsjeblieft, een kopje thee en een beschuitje met kaas. Ik moet er nu vandoor, tot vanavond.' Hij gaf haar een kus en verdween. Ze kon hem volgen: de trap af, zijn jas van de kapstok en de voordeur die in het slot viel.

Ze at haar beschuit op en nipte peinzend van de thee. Haar plannen namen vastere vorm aan en ze haalde de krant om de advertentie nog eens te bekijken. In een bejaardentehuis aan de rand van het dichtst bijgelegen stadje vroegen ze vrijwilligsters om koffie te schenken en kleine karweitjes voor de mensen te doen. Ze kende er niemand, dus zou ze niet iedere keer de vraag moeten beantwoorden hoe het met haar ging en of ze haar verdriet al een beetje te boven was. Net alsof je dat zo maar een-twee-drie zou kunnen vergeten.

Een uurtje later ging ze op weg. Ze nam de fiets want het was mooi weer en als ze met de bus zou gaan zou ze misschien bekenden ontmoeten die allerlei dingen wilden weten waar ze in feite niets mee te maken hadden.

In een rustig tempo trapte ze door. Ze had de laatste tijd weinig de fiets gepakt, omdat ze nergens zin in had. Niet in wandelen, niet in fietsen, niet in lezen. Het ging allemaal een beetje langs haar heen, maar ze begon te beseffen dat ze zo niet verder kon gaan. Kwam haar gevoel maar terug, daar zou haar huwelijk beslist van opfleuren. Het was zo heel anders dan in het begin. Ze kon niemand de schuld geven van alles wat er was gebeurd. De wind speelde door haar haren en de zon verwarmde met haar stralen het landschap waar ze doorheen fietste.

Na een tijdje kreeg ze het bejaardenhuis in het oog. Een vrij modern gebouw met een tuin eromheen waar ze witte tuinmeubels zag staan. Eigenlijk had ze eerst moeten bellen. Ze was zomaar op goed geluk gegaan met het idee dat daar altijd wel iemand aanwezig zou zijn die ze te spreken kon krijgen.

Ze zette haar fiets op slot aan de zijkant van het

gebouw. Zo kon ze even op adem komen en haar kapsel fatsoeneren.

'Kom op Martha,' sprak ze zichzelf toe. 'Wat kan er nu helemaal gebeuren? Ze hebben zelf een advertentie gezet, dus ze moeten blij zijn dat ik kom. Erop af.'

Toen ze binnenkwam, rook ze dat speciale luchtje dat er in bejaardenhuizen hing. Een lichte geur van de laatst gebruikte warme maaltijd en andere geuren die Martha heel herkenbaar vond, maar die ze zo niet zo één-twee-drie kon benoemen.

'Of ze een half uurtje tijd had om te wachten,' vroeg de receptioniste die telefonisch overleg had gepleegd nadat Martha zich had aangemeld. Ze knikte, per slot van rekening had ze niets afgesproken. In de hal stond een gezellig zitje. Ze nam plaats en keek wat om zich heen. Groene planten fleurden het geheel op, maar toen ze de aanvechting niet kon weerstaan even aan een blad te voelen bleken ze van zijde of wat voor spul het mocht wezen. Ze waren niet echt.

Op de tafel lag uitnodigend een boek dat bestond uit ingebonden tijdschriften. Allemaal oude exemplaren van 'De Spiegel', een christelijk nationaal weekblad van vroeger. Ze kende het blad niet, maar had er van haar oma wel eens over gehoord. Alleen de abonnementsprijs was al iets om je over te verbazen in deze dure eurotijd. Vijfendertig cent per week of vierguldenvijfenvijftig per kwartaal. Kwam daar nu nog eens om!

Voorzichtig sloeg ze de bladzijden om. Koningin Juliana en prins Bernhard waren daar nog jong en Iran heette nog Perzië. Er stonden breipatronen in voor babybroekjes. Werkelijk, het was een heel andere wereld die ze te zien kreeg.

Ze was zo ingespannen aan het lezen, dat ze er geen erg in had dat er iemand stond mee te kijken.

'Mooi hè?' klonk het achter haar.

Ze klapte verschrikt het boek dicht en stond op.

'U mag er zoveel in kijken als u wilt,' zei een vriendelijke stem, 'maar ik meen dat u op me zit te wachten.' De vrouw achter haar keek haar belangstellend aan en stak haar hand uit.

'Ik kom op de advertentie waarin u vrijwilligsters vraagt,' zei Martha.

Het gezicht van de vrouw lichtte op.

'Nou, dat is fijn,' zei ze hartelijk. 'U bent de eerste. Kom maar mee naar mijn kantoortje. Wilt u een kopje koffie of thee?'

Martha zat even later in het gezellige vertrek en nipte aan de warme koffie. De zon scheen naar binnen en de planten waren hier wèl echt. Op het bureau van de directrice, zo had ze zich bekend gemaakt, stond een bos bloemen. De hele sfeer werkte eraan mee dat het gesprek vlot verliep met wederzijdse sympathie. En toen Martha vertelde dat ze gediplomeerd verpleegkundige was, reageerde de directrice heel enthousiast.

'Dan kunt u hier ook werk vinden,' zei ze, dat is

toch leuker dan koffie schenken en zo.'

'Maar dat is mijn bedoeling niet,' Martha haalde diep adem. 'Ik wil werk waarbij ik niet hoef na te denken. En ik kan ook beslist niet iedere dag komen.'

'Dat is waarschijnlijk omdat u thuis kinderen te verzorgen hebt?'

Martha schrok ervan. Ze probeerde een brok in haar keel weg te slikken.

'Nee, ja, eigenlijk niet meer.'

Het gezicht tegenover haar drukte verbazing uit en toen moest Martha het verhaal wel vertellen. Over Esther, het kindje dat ze had verloren.

'Och wat erg voor u. Dat moet toch wel een grote klap zijn geweest. Hebben ze nog ontdekt wat de oorzaak ervan was?'

'Nee, er is niets uitgekomen.'

De directrice stond ervan te kijken dat de jonge vrouw tegenover haar het allemaal zo zakelijk had verteld. Alsof haar gevoel voor het grootste gedeelte was uitgeschakeld. Wat moest ze er eigenlijk mee aan? Je had de grootste kans dat, als die emoties in alle hevigheid zouden losbarsten, ze totaal zou instorten.

Was het daarom misschien beter dat ze dit werk niet zou doen? Nou ja, het zou per slot van rekening vrijwilligerswerk zijn. Niet dat dit niet zo belangrijk was, integendeel. Maar als het eventueel mis zou gaan, was er wat makkelijker een mouw aan te passen dan als er een verpleegkundige uit-

viel. Afgezien nog van de ziektewet, WAO en der-
gelijke.

'Misschien is het wel prettig als uw man ook eens
kennis komt maken,' stelde de directrice voor.

Martha aarzelde. 'Hij weet het nog niet,' zei ze
tenslotte. 'Ik heb er niets over gezegd want misschien moet hij aan het idee wennen.'

'Maar dan stelt u hem voor een voldongen feit.'

'Ja dat is zo, maar hij kan wel iets hebben hoor.'

Nou, daar had ze zich dus lelijk in vergist.

'Vrijwilligerswerk? In een bejaardenhuis? Hoe
kom je daar nu bij Martha?'

Hij was boos zag ze, maar hij probeerde uit alle
macht zijn boosheid te bedwingen en zijn stem
vriendelijk te laten klinken.

Martha moest je ontzien! Martha wist nog niet
precies wat ze deed, ze was nog een beetje in de war!

Hij zei dat niet, maar aan zijn manier van reageren
kon ze dat aflezen. Ze had er absoluut geen zin in
zich te gaan verdedigen of er uitputtende gesprekken
over te houden.

'Ik hoef daar toch geen toestemming voor te vragen, Frank?'

'Dat ben ik met je eens. Maar het zou wel prettig
zijn als we daar samen over hadden gepraat. Ik heb er
geen moment aan gedacht dat je zoiets zou willen. Ik
dacht juist dat je het allemaal niet zo aankon, dat je
overal vlug moe van was.'

Ze zei niets en boog het hoofd. Zou ze het dan helemaal verkeerd hebben bekeken?

Frank kreeg medelijden met haar. Zo erg was het eigenlijk niet. Misschien zou het haar gedachten wat verzetten en dan konden ze altijd nog kijken hoe het ging.

'Zou je het graag willen?'

Ze keek hem aan om zijn stemming te peilen.

'Ik zou het willen proberen. Weet je, als ik zo de hele dag thuis ben, gaan mijn voeten iedere keer als vanzelf naar de babykamer. En dan zit ik daar maar te zitten. Zo gauw ik weer beneden ben en ga werken moet ik ermee ophouden om weer naar boven te gaan. En wat schiet ik ermee op? Helemaal niets, toch? We krijgen er Esther niet mee terug. Het kost me alleen maar tijd.'

'Zit je dan te piekeren? Of te huilen?'

Martha haalde haar schouders op. 'Nee, niets. Er is een leegte, een gedachtenstop. Het is alsof ik voor een dichte muur sta.'

'Zou je het fijn vinden om een poosje bij je ouders te zijn? Even iets anders?'

'Nee, die hebben zoveel verdriet, dan lijkt het of ik alleen maar toeschouwer ben. Of mijn verdriet nergens op lijkt, vergeleken bij het hunne. Ze zouden het me nog kwalijk gaan nemen.'

'En je oma dan? Die is maar helemaal alleen en je weet dat ze zoveel troost mocht vinden in psalm 103, na de dood van Esther.'

'Nee, dat wil ik ook niet. Ik kan het maar niet begrijpen dat God zo wreed is om ons kindje te laten sterven.'

'God is niet wreed, Martha. Hij is de aanstichter niet van het kwaad in deze wereld. Hij is er om naar toe te vluchten en al je verdriet bij Hem te brengen. Dan alleen kan Hij je helpen en troosten.'

Martha slaakte een diepe zucht.

'Ik weet dat je volkomen gelijk hebt, maar zo voelt het niet voor mij. Er is me iets afgepakt en dat is verschrikkelijk. Ze komt nooit meer terug, nooit meer. Waar hebben we dat aan verdiend Frank? Zijn we dan zulke grote zondaars dat we tot de orde geroepen moeten worden? Je zou het ook een straf kunnen noemen. Waarom worden we gestraft?'

'Er staat in de bijbel: Hij straft ons, maar naar onze zonden niet,' zei Frank. 'Maar het is wel heel, heel moeilijk Martha. Ik weet het ook niet.'

Hij wilde zijn arm om haar heen leggen, maar ze weerde hem af.

'Je lijkt zo ver weg,' zei hij verdrietig. 'Ik krijg de gelegenheid niet om je aan te halen. En in bed lig je zo'n eind van me vandaan, hoe moet dat toch met ons aflopen?'

'Zou je willen dat we opnieuw een baby kregen?' zei ze. 'En steeds in angst zitten of er weer iets vreselijks gebeuren zal?'

Frank schrok van haar woorden. Hij was er even stil van. Zulke gesprekken waren niet goed. Daar werden ze alleen maar opstandiger van en raakten ze dieper in de put.

'Het lijkt me toch wel een goed idee van dat bejaardenhuis,' zei hij tenslotte.

Ze keek hem verwonderd aan.

'Waarom zeg je dat nu opeens?'

'Omdat je daar een stukje zorg en liefde kunt geven. Daar heb je behoefte aan. En je hoeft niet steeds over het verlies van onze Esther te praten.'

'Moeten we dan net doen of er niets is gebeurd?'

Frank werd er kriebelig van.

'Ik weet het ook niet, Martha. Iedere keer als ik iets voorstel ga je er tegenin en als ik me dan in jouw gedachtewereld probeer te verplaatsen, is het weer niet goed, dan kom je opnieuw met iets anders. Hoe had je het eigenlijk gehad willen hebben?'

'Nu ben je zeker boos op me, Frank?'

'Ik ben niet boos, ik weet niet wat ik met je aanmoet. Ik kan je gewoon niet bereiken.'

Hij liep de kamer uit en trok de deur tamelijk hard achter zich dicht.

Daar had je het al, dacht ze. Straks wilde hij haar niet meer. Dan zou hij misschien wel van haar scheiden, omdat ze geen vrouw meer voor hem wilde zijn. Omdat ze boos en ongelukkig was, maar dat probeerde te verbergen achter onverschilligheid. En ze was nog wel zo verliefd geweest. Ze had zo naar het huwelijk uitgekeken en daarna naar de geboorte van hun kindje. Maar alles was helemaal mis gegaan. Ze kon nergens de zin meer van inzien. Misschien was het goed om even naar haar ouders te gaan. Die hadden meer begrip voor haar dan Frank. Volgens haar dan natuurlijk.

Ze trok haar schoenen aan en pakte haar jasje van de kapstok. Frank had haar gehoord merkte ze, want hij stak opeens zijn hoofd om de keukendeur.

'Ga je weg?'

'Een eindje wandelen,' zei ze snel want hij hoefde niet te weten wat ze van plan was.

'Zal ik met je meegaan?'

'Nee, liever niet, dan hoef ik ook niet de hele tijd te praten.'

Zijn gezicht betrok. 'Nou dan ga je maar alleen. Ik dacht dat je het gezellig zou vinden.'

Ze stapte snel door, want het was nogal een eind naar haar ouders. Met de auto was je er zo, maar lopen was wel even iets anders.

Na twintig minuten stond ze stil. Ze leek wel niet goed wijs. Het was al schemerig. Overal zag je in de huizen de lampen aangaan en de mensen bezig zijn.

Wat moest ze eigenlijk bij haar ouders gaan doen? Ze konden haar Esther niet teruggeven. Was het misschien omdat ze weer kind wilde zijn? Wilde ze troostende woorden van haar vader en moeder? Beklaagd worden? Zielig gevonden worden? Maar ze was toch een volwassen vrouw? Een getrouwde vrouw. Een moeder, zelfs al had ze geen kind meer.

Ze draaide zich om. Weer naar haar eigen huis, dat was immers het beste?

De terugweg leek wel twee keer zo lang. Er scheen geen eind aan te komen. Ze zag Frank voor het raam staan. Hij maakte snel de voordeur voor haar open.

'Lekker gewandeld?' Hij was niet boos meer, zag ze.

Ze schudde haar hoofd. 'Nee!' Ze keek naar zijn gezicht. 'O, Frank, hoe moet het toch verder met ons... hoe moet het toch verder?'

4

Ze waren samen naar het bejaardenhuis gegaan om kennis te maken. Alleen maar voor de vorm, zei Martha want verder zou ze Frank er niet mee lastigvallen. En Frank verklaarde, zich er niet mee te zullen bemoeien als Martha dat prettiger zou vinden. Het was trouwens toch maar voor één dagdeel in de week, dus waar hadden ze het eigenlijk over?

Het begon voor haar met een introductieochtend waar ze met andere personeelsleden kon kennismaken en waar ze het tehuis helemaal mocht bezichtigen. Ze merkte al snel dat heel veel ouderen slecht ter been waren en dat de meesten een ziekte of kwaal hadden. Werd je vroeger niet toegelaten in een bejaardenhuis als je niet, na een keuring, gezondverklaard werd, tegenwoordig was dat juist de reden om mensen af te wijzen. Zo lang je je nog zelfstandig kon redden moest je dat maar doen, want de lijst van kwakkelende ouderen was al lang genoeg.

En dan de kamers. Vroeger waren ze niet groter dan kippenhokken, hoorde ze. Daarom was er een jaar of tien geleden een renovatie geweest waarbij van drie kamers er één werd gemaakt, met een klein keukenblok waar je een koelkastje in kwijt kon. En een eigen douche met een toilet. Het was niet meer van deze tijd om maar één badkamer op een gang te hebben waar je om de beurt kon douchen of een bad nemen.

Omdat Martha verpleegkundige was, bekeek ze veel dingen op een professionele manier die niets te maken had met koffieschenken. Toch zou ze dat gaan doen en dat was nu juist voor Frank de moeilijkheid.

'Je gaat daar helemaal onder je niveau werken, besef je dat wel?' had hij al een paar keer gezegd.

'Dat doe ik thuis toch ook? Vind je wassen, strijken, stofzuigen, afwassen, bedden opmaken en koken nu zulke elitaire bezigheden?'

Hij had er maar een grapje van gemaakt.

'Gelukkig dat je die dingen doet. Anders loopt immers alles in de soep. Hoe kan ik nu mijn werk buitenshuis doen als ik thuis zou komen in een lege, vuile woning waarin ik dan nog moet gaan koken ook. Een goede huisvrouw is haar gewicht in goud waard.'

'Nou, nou,' zei ze onder de indruk van zijn lofuitingen. 'Zoiets is wel eens prettig om te horen.'

De ochtend dat ze zou beginnen motregende het en om niet helemaal nat en verwaaid aan te komen was ze op de bus gestapt.

Wat later stond ze in de conversatiezaal achter een buffet waarop thermoskannen koffie en thee stonden. Het zou niet zo druk worden, had de directrice voorspeld. Veel mensen werd de koffie op hun kamer gebracht. Maar er waren altijd bewoners die het gezellig vonden samen een kopje koffie in de zaal te gaan drinken.

Langzaam druppelden de mensen binnen. Verschillende vrouwen kwamen even persoonlijk kennismaken en vroegen of Martha een kopje koffie kon komen brengen.

Even later stapte een nogal opvallend geklede dame binnen die uitvoerig de zaal rondkeek en bij Martha haar beklag kwam doen.

'Die vrouw daar, zit op mijn plaats,' ze priemde met haar vinger naar een tafeltje bij het raam.

'Heeft u allemaal een vaste plaats?' vroeg Martha, die het spelletje even meespeelde, want ze geloofde er niets van.

'Ja, natuurlijk, ik zit daar altijd en ik wil er nu ook zitten. Die vrouw moet maar ergens anders gaan zitten,' wond de dame zich op.

'Daar heeft de directrice me helemaal niets van verteld, dus ik weet het niet. Maar ik zal het even gaan vragen.' Martha zette de koffiekan neer en liep richting deur.

'Valt u de directrice maar niet lastig, ik zal vandaag wel ergens anders gaan zitten. Voor deze keer dan,' voegde mevrouw er snibbig aan toe.

Martha lachte vriendelijk naar haar. 'Dat is heel edelmoedig van u. Maar ik zal me eens laten inlichten wie waar zit, dan kan ik er voortaan op letten en ontstaan er geen misverstanden.'

'Je wordt altijd uitgeprobeerd als je nieuw bent,'

zei de andere koffieschenkster.

'Het is toch belachelijk, de zaal is voor driekwart leeg. Die vrouw kan gaan zitten waar ze wil.'

'Dat was mijn eerste gedachte ook,' zei Martha. 'Maar zo gaat het nu eenmaal bij mensen. Of ze nu jong of oud zijn, wat de een wil, wil de ander ook. Het begint al bij de kinderen maar daar kun je het nog van begrijpen.'

'Er zijn geen vaste plaatsen, maar het is wel zo dat de meeste mensen altijd zo'n beetje op dezelfde plek gaan zitten. Zo gaat het vaak in de kerk ook waar de plaatsen vrij zijn.'

Maar in Martha's kerk waren de plaatsen niet vrij. Iedereen had zijn eigen plek waar jaarlijks de huur voor werd betaald. Het was een oude gewoonte waar men nog steeds aan vasthield. Hoewel nieuwingekomen gezinnen daar wel eens tegen protesteerden. Martha ging niet zo graag meer naar de kerk. Na de dood van Esther was er in haar ook iets gestorven. Ze kon zich vaak zo slecht op de preek concentreren. Het kostte haar veel inspanning, waar ze naderhand erg moe van was. Maar ze kon het niet over haar hart verkrijgen om Frank alleen te laten gaan. Hij vond het toch al zo erg dat ze steeds maar weer uitkwam bij het punt waar ze de schuld van het drama bij God legde.

'Wat zit ik in de kerk te doen, Frank? Het is heel huichelachtig om net te doen alsof. Ik kom er precies hetzelfde uit als ik er ben ingekomen.'

Maar volgens Frank moest je trouw blijven aan God en de kerk. Ook in tijd van tegenslag. Vooral in tijd van tegenslag, want je was immers gedoopt. Je had een christelijke opvoeding gehad. Belijdenis gedaan in de kerk, getrouwd. Dat was allemaal mooi en goed geweest en toen was het fijn om Gods nabijheid te weten. Moest je Hem dan zomaar verloochenen? Ja, zo noemde Frank dat: verloochenen.

'Weet je wat ik vaak niet begrijp?' klonk opeens de stem naast haar. Martha schrok, ze was mijlenver met haar gedachten weggeweest.

'Nee, zeg het eens?'

'Dat de mensen het op deze manier doen.'

'Wat bedoel je?'

'Zo kibbelen, van die kleine, kinderachtige ruzies maken. Dit is een christelijk tehuis. Je verwacht dan dat de mensen dit onderschrijven en dat ze een beetje ruimdenkender zouden zijn. Elkaar iets gunnen, iets voor elkaar doen. Het lijkt wel of iedereen zijn eigen leven leeft en wat de ander betreft, die moet maar zien hoe hij het redt.'

Martha zweeg, ze schoof de lege koffiekan wat naar achter.

'Denk jij er anders over?'

'Nee, ik geef je volkomen gelijk. Maar christenen zijn ook gewone mensen met hun fouten en gebreken. En vooral bij de ouderen komt hun karakter meer uit. Ze zijn zoals ze zijn en houden zich niet meer in.'

'Dat is jammer.'

De vrouw die niet op, zoals ze het noemde, haar eigen plaats mocht zitten stapte met kwieke pas de deur uit.

'Die is het al beu, zie je wel?'

'Laten wij maar wijzer zijn,' antwoordde Martha.

'En er niet meer op terugkomen.'

De rest van de morgen schonk ze kopjes koffie en thee in en maakte een praatje aan de tafeltjes waar best wel nieuwsgierig werd gereageerd. Of ze getrouwd was? Ja, dat was ze. Of ze kinderen had? Nee, die had ze niet. Ze schrok van de vraag en daarom was het antwoord kort en stond haar gezicht afwerend, zodat de vrouw tegenover haar troostend een hand op haar arm legde.

'De kindjes komen heus nog wel. U bent nog jong. Zelf heb ik er wel zes jaar op moeten wachten. En toen kwam er ieder jaar één.'

Martha probeerde een glimlach op haar gezicht te toveren en praatte er verder niet meer over. Sommige mensen konden je tot op het bot uitvragen. Om twaalf uur kreeg ze tot haar verrassing een kopje soep en een broodje. Ze had een paar boterhammen in haar tas gestoken maar dat hoefde ze niet meer te doen werd er gezegd. Ze zou ook de warme maaltijd mee kunnen eten, maar dat leek haar niet zo'n goed idee.

's Avonds aten Frank en zij warm en om dat twee keer per dag te doen vond ze een beetje veel van het goede. Ze moest toch voor haar man koken, maar het was in ieder geval heel aardig aangeboden.

Toen ze naar huis ging wist ze eigenlijk niet of ze het nu leuk gevonden had of niet. Het was in ieder geval wel wennen om zo de tijd te hebben, want als verpleegkundige liep je altijd de benen uit je lijf.

Dan was er nooit tijd om een praatje met de mensen te maken en dat was juist iets waar velen behoefte aan hadden. De bezuinigingen in de zorg lieten hun sporen na. En niet zo weinig ook.

De regen was opgehouden, een waterig zonnetje brak door de wolken heen. De bus waar ze instapte was vol en alle ruiten waren beslagen. De scholieren die de meeste plaatsen bezetten tekenden figuren op de ramen, praatten luidruchtig en verzonden sms'jes op hun mobieltjes. Martha zag ze in iedere gaval ijverig de toetsen indrukken.

Wat heerlijk om nog zo jong en onbezorgd te zijn, met het leven nog helemaal voor je. Ze ving de blik op van een meisje met een hoofddoekje, dat er maar stilletjes bijzat. Je zag aan haar gezicht dat ze zich een beetje opgelaten voelde tussen al die vrolijkheid. Na een tijdje realiseerde Martha zich dat ze vergeten was op het knopje te drukken zodat de bus haar halte voorbijreed. Dan de volgende maar. Toen ze uitstapte keek ze even om zich heen en ze besefte dat ze aan de overkant de hoge heg zag die het kerkhof omringde.

Ze aarzelde. Daarna liep ze richting het hek. Het

maakte een piepend geluid toen ze het opendeed en even later knerpte het grind onder haar voeten. Die gingen automatisch naar het stuk grond waar de kindergraven waren. Ze bukte bij het kleine steentje dat bezaaid was met gouden sterren. 'O, Esther, sterretje van me!'

Ze veegde er wat dorre blaadjes af en ging op het bankje zitten dat daar vlakbij was neergezet. Het was hartverscheurend om te zien. Overal lagen beertjes en andere knuffels. Een nieuw grafje was bedekt met bossen verse bloemen. De dood nam geen vakantie en was het enige zekere in het leven. Hij kwam voor iedereen. Maar het is toch onnatuurlijk dat kinderen eerder sterven dan hun ouders?

Af en toe viel er een regendruppel. Martha keek naar de lucht en stond op. Nu maar vlug naar huis, want ze moest te voet. Anders zou ze kletsnat worden. Nou, daar hoefde ze niet op te wachten, dat was ze al na tien minuten. Jammer genoeg had ze geen paraplu bij zich. Haar haar droop van het water en de regen sopte in haar schoenen.

Wat dom om niet bij de goede halte uit te stappen, dacht ze. Enfin, het schoot al op. Plotseling stopte er een auto naast haar. Het raampje werd naar beneden gedraaid.

'Wat ben jij nu aan het doen, Martha?'

Ze keek op. 'In de regen lopen zoals u ziet.'

Het was mevrouw Verbaal, de presidente van de vrouwenvereniging. Ze deed haar naam beslist eer aan, daar waren alle vrouwen het over eens.

'Stap maar vlug in.'

'Maar ik ben kletsnat.'

'Dat geeft toch niets, moet je naar huis?'

Martha knikte.

'Dan breng ik je toch even, anders word je er nog ziek van.'

'O, dat geeft niets,' zei Martha, 'aan mij is niets verloren.'

Mevrouw Verbaal schrok. Martha verwachtte eigenlijk een onstuitbare woordenstroom maar dat viel gelukkig mee.

'Zeg niet zulke dwaze dingen,' was het antwoord. 'Stap nu maar vlug in.'

De autobekleding werd behoorlijk nat, zag ze en nog steeds drupte het water uit haar haren.

'Op de achterbank ligt een grote handdoek, pak die maar als je erbij kunt.'

Martha reikte naar achter en kon de handdoek aan een punt op haar schoot trekken. Ze begon ermee te deppen en wrijven tot ze zich wat behaaglijker voelde.

'Ik heb er altijd een paar in de auto. Voor alle zekerheid, want de kleinkinderen rijden nogal eens mee en als je dan even onderweg bent begint het al: 'Oma, ik ben zo misselijk, ik moet spugen. Wagenziekte is niet leuk en nadat ik een keer de auto moest schoonmaken waarin één van de kinderen flink had overgegeven, had ik het wel gehad.'

'Ja, dat kan ik me voorstellen. Als verpleegkundige vond ik dat ook het allerergste. Maar ja, de mensen doen het niet expres zal ik maar zeggen.'

Mevrouw Verbaal keek haar van opzij aan.

'Was je naar het kerkhof geweest?'

'Ja', zei Martha kort.

'Ben je er al een beetje overheen?'

Martha hapte naar adem. Daar had je het weer, wat was dat nu voor een vraag? Je raakte zwanger en vol liefde verwachtte je de baby. Na een pijnlijke geboorte (was barenspijn niet de ergste soort pijn?), hield je je kindje in de armen. Je kon je geluk niet op en dankte God ervoor. Het was immers een dagelijkse vreugde, zo'n klein mensje in huis waar Frank en zij voor mochten zorgen. Je gaf het borstvoeding waar je van genoot. En op een kwade dag was ze dood. Je kwam thuis met de doopjurk want ze zou 's zondags gedoopt worden. Maar toen lag ze al in haar grafje. De wereld trilde op haar grondvesten. De bodem werd onder je vandaan geslagen. En dan zo'n stomme vraag: 'Ben je er al een beetje overheen?'

Met moeite hield ze een paar boze woorden binnen. Ze haalde diep adem en zei verder niets meer. De vrouw naast haar merkte dat ze te ver was gegaan. Terwijl ze het eigenlijk heel goed bedoelde. Zo'n kindje was nog zo klein, daar had je nog niet zo'n band mee. Toch? En het vrouwtje naast haar was nog zo jong. Ze kreeg vast wel weer een nieuw kindje. Ze had het heel hartelijk bedoeld. Uit medeleven.

De regen kletterde nog steeds op de auto en verder was er het geluid van de ruitenwissers.

Ze reed de straat in waar Martha woonde. 'Welk huis is het ook al weer?'

Martha wees het aan.

Mevrouw Verbaal stopte en gaf Martha de gelegenheid om uit te stappen.

'Heel hartelijk dank voor het thuisbrengen.'

'Het was geen moeite hoor, graag gedaan!'

Terwijl ze wegreed liep Martha naar de voordeur en zocht in haar tas naar de sleutels.

'Dag Martha!' klonk het opeens vlak achter haar. Het was haar moeder.

'Mam, wat laat je me schrikken, ik had je helemaal niet gezien. Waar kwam je zo opeens vandaan?'

'Ik zat in de auto op je te wachten. Ik wilde komen vragen hoe het was gegaan en ik heb voor allebei een broodje gezond bij me, dan hoef je geen moeite te doen om een boterham klaar te maken.'

'Ik heb in het tehuis al gegeten. Een kop soep en een broodje.'

'O,' haar moeder keek teleurgesteld. 'Ik wilde je verrassen.'

'Nou dat heb je toch gedaan. Kom maar gauw binnen, daar is het tenminste droog.'

'Gaat het een beetje?'

'Ja hoor.' Martha hing haar natte jas aan de kapstok. 'Ga alvast maar naar de kamer, ik wil even droge kleren aantrekken.'

Martha wipte met twee treden tegelijk de trap op en hing haar natte kleding over het hekje op de overloop. Ze was tot op haar hemd nat. Met een grote zachte badhanddoek wreef ze haar haren droog en pakte een schone rok, bloes en panty. Dat voelde in ieder geval beter.

'Zal ik een kopje koffie zetten?' vroeg haar moeder toen ze weer beneden kwam.

'Hè ja, lekker en eigenlijk lust ik dat broodje ook nog wel.'

'Komt in orde, Martha!'

Even later zaten ze gezellig aan de eetkamertafel. 'Kijk, nou schijnt de zon opeens, ik had even moeten wachten dan was ik niet zo nat geworden. Nou ja, dat wist ik van te voren ook niet.'

'Gaat het een beetje?' de stem van haar moeder klonk voorzichtig, bang misschien om veel emoties los te maken. Ze vond het vreselijk moeilijk om een gesprek met haar dochter aan te gaan over dingen die haar dagelijks bezighielden. Ze kon niet door het pantser heendringen. Iedere keer zocht ze naar een opening maar die was niet te vinden.

'Nee, het gaat niet, geen beetje ook. En ik ben er ook niet een beetje overheen.'

'Dat bedoel ik niet meisje,' suste haar moeder.

'Dat vroeg mevrouw Verbaal. Snap je dat nou?' Martha legde een schijfje komkommer opnieuw tussen haar broodje en nam een hapje.

'Sommige mensen weten nu eenmaal niet wat ze moeten zeggen of zwijgen. Die kletsen maar een eind weg,' zei moeder.

'Wat je niet meemaakt daar heb je geen verstand van, waar of niet?'

'Zo is het, beaamde haar moeder. 'De beste stuurlui staan aan wal.'

Ze keek naar haar dochter. Wat zou er toch allemaal in dat hoofdje omgaan? Het was onnatuurlijk, angstig zelfs dat ze zo emotieloos was. Zou er op zeker moment een geweldig grote explosie komen? Wie weet wat er dan zou gebeuren, misschien was het zelfs wel goed als het er allemaal eens uitkwam. Martha was vroeger, als kind vaak ook zo terughoudend geweest. Ze spaarde als het ware alles op, maar als de maat vol was dan was het raak ook. Schreeuwen, stampvoeten, lawaai maken, je schrok er vreselijk van. Als de bui over was leek alles weer gewoon. De agressie was eruit. Zoals het nu ging, was onnatuurlijk. Martha leefde achter een dikke glazen wand. Als een marionet. Dit was de echte Martha niet meer.

'Waar zit je allemaal aan te denken, mam?'

'Eerlijk gezegd, aan jou. Kun je het allemaal nog volhouden? Heb je geen behoefte om te praten? Je komt nooit meer zomaar eens op bezoek. Uiterlijk zie je er prima uit, maar dan heb je het ook gehad. Gaat het tussen jou en Frank wel goed?'

'O jawel, hij wil alleen alsmaar praten. Hij gaat zelfs naar zo'n vereniging van ouders die een kindje hebben verloren.'

'Maar samen hebben jullie er niet veel gesprekken over?'

'Nee.'

'Jammer.'

Martha stond op. 'Zal ik je de babykamer laten zien, mam?'

Haar moeder zuchtte.

'Dat hoeft toch niet lieverd, ik weet precies hoe die er uitziet.'

'Ga maar even mee, mam, misschien is er iets veranderd of zo.'

Haar moeder aarzelde. Wat moest ze daar nu mee? Kon ze maar gewoon zeggen dat het onzin was om boven te gaan kijken. Ze vond het eigenlijk abnormaal. Maar Martha stond op en liep naar de kamerdeur.

'Ga je mee?'

Samen stommelden ze naar boven en gingen de kamer van Esther in. Er was helemaal niets veranderd, behalve dat de wieg leeg was.

'Leuke kamer, hè?' Martha streek over een speelgoedbeertje dat op de commode zat.

'Ja, het is een heel mooi kamertje.'

'Esther zal het allemaal wel weer herkennen, denk je ook niet?'

'Hoe bedoel je?' Haar moeder schrok.

Was Martha bezig gek te worden en wist ze niet meer wat ze zei?

'Nou, ze is immers wat ouder geworden, dus ze zou het niet precies meer kunnen weten als ze terugkomt.'

'Esther komt niet meer terug Martha. Ze is gestorven. Dat weet je ook wel.'

'Dat zeggen ze allemaal mam. Maar het is niet waar. Iedereen heeft ongelijk. Maar ik heb wel geduld hoor. Ik kan wachten. Straks komt ze gewoon terug. Je zult het zien, ik weet het zeker.'

'O God,' bad haar moeder in stilte. 'Wees toch met mijn arme, ongelukkige dochter. Ze is helemaal in de war.'

'Waarom kijk je zo vreemd naar me mam? Er is toch niets bijzonders aan de hand? Esther komt vandaag of morgen uit de couveuse en dan zijn we allemaal weer bij elkaar.'

Haar moeder ging op de dichtst bijzijnde stoel zitten en barstte in snikken uit. Ze trilde over al haar leden en haar tanden klapperden op elkaar.

Martha liep de deur uit en kwam terug met een glaasje water.

'Hier, drink maar eens. Je moet niet zo overstuur raken. Je weet het immers allemaal net zo goed als ik.'

'Maar het is niet waar.'

'Wat is niet waar?'

'Dat Esther terugkomt. Ze is gestorven Martha,

laat dat nu eens goed tot je doordringen. Zeg je deze dingen ook tegen Frank?'

'Ja natuurlijk.'

'En wat zegt hij ervan?'

'Hij wil het ook niet geloven, net als jij. Maar jullie hebben allebei ongelijk. En hij vindt...'

Ze stopte plotseling.

'Wat vindt hij?'

'Dat ik naar de dokter moet. Nou, met mij is niets aan de hand hoor. Wil je nog koffie? Laten we maar naar beneden gaan.'

En dat deden ze.

5

Na overleg met de huisarts en veel heen en weer gepraat tussen alle betrokkenen werd besloten, als Martha ervoor voelde tenminste, dat het het beste zou zijn als ze eens met een professioneel iemand zou gaan praten. Maar ze voelde er niet voor.

'Ik ben niet gek,' zei ze boos. 'Bemoeien jullie je er maar niet mee, het komt allemaal best in orde.'

'Misschien kan de psychiater je wat meer inzicht geven,' opperde Frank, die ook niet meer wist wat hij met zijn vrouw aanmoest. Ze ging notabene een paar keer per nacht het bed uit, omdat ze zei dat ze Esther hoorde huilen.

'Een psychiater? Nou, dat is even grof geschut. Daar wil ik ab-so-luut niet heen. Straks gaat hij me nog opnemen en wie moet er dan voor Esther zorgen als ze weer thuiskomt. Nee, daar denk ik niet aan.'

'Een psycholoog dan? Die neemt je zomaar niet op.'

'Ook niet Frank, ik snap trouwens niet wat je bezielt. Ik houd het huishouden goed bij. Ik kook iedere dag een goede maaltijd. En dan ga ik nog één keer in de week vrijwilligerswerk doen. Niemand heeft toch iets te klagen?'

'Dat is het niet, lieve Martha. Je zorgt overal prima voor, maar je bent zo veranderd. Hou je niet meer van me?'

'Natuurlijk wel.'

'Maar ik merk er zo weinig van. Ik mag je niet meer aanhalen en jij doet het ook niet. En in bed schuif je zo ver mogelijk van me vandaan. Verlang je niet meer naar me?'

Martha aarzelde. Ze vond Frank maar zeuren. Hij snapte er gewoon niets van.

'Jawel, maar het is anders dan vroeger.'

'Hoe anders?'

'Dat weet je immers zelf ook! Dat hoef ik toch niet iedere, iedere keer uit te leggen.'

Toonde ze maar emoties, dacht Frank. Ze is net een marionet. Kon ik haar maar eens aan het huilen maken. Of ruzie maken, schreeuwen, desnoods met de deuren slaan zodat er iets zou veranderen. Hij werd er niet goed van.

'Trouwens,' hervatte Martha het gesprek over professionele hulp, 'niemand kan tegen zijn wil behandeld of opgenomen worden. Van die dingen ben ik heel goed op de hoogte. Je kunt me nergens toe dwingen.'

'Dat weet ik Martha en ik ben ook niet van plan je iets te laten doen wat je niet wilt. Maar misschien kun je eens naar je oma. Die zou het heel fijn vinden als je eens een tijdje kwam logeren.'

'Wil je me weg hebben?'

Het geduld van Frank was opeens op.

'Als je niet uitkijkt, dan ga ik zelf weg. Met jou is niet te leven. Dan bekijk je het maar.' Hij begon nog harder te schreeuwen. Bij hem was de rem eraf.

'Dat is geen leven. Je leeft in een waanwereld, je denkt dingen die niet bestaan. Ik heb er genoeg van, hoor je me!'

Martha keek hem met een koude blik aan.

'Ga gerust je gang!'

'Hoe bedoel je, ga gerust je gang?'

'Met weg te lopen, dan heb ik geen last meer van dat gezeur.'

Frank liet zich op een stoel zakken. De tranen sprongen in zijn ogen. Zo had hij zich zijn huwelijk niet voorgesteld. Ze konden hun verdriet niet delen en hun liefde konden ze ook niet delen. Hij voelde zich wanhopig, de situatie groeide hem boven het hoofd. Waarom kwam ze niet naar hem toe en sloeg haar armen om hem heen om hem te troosten. Ze stond erbij als een aan de grond vastgevroren blok ijs.

Zou dit ooit nog goed komen? Moest hij op die manier verder leven? Dan kon hij net zo goed gaan scheiden.

Hij schrok ervan dat dit woord in zijn hoofd opkwam. Zoiets mocht hij niet doen. Niet denken zelfs. Ze hadden elkaar immers trouw beloofd? In het gemeentehuis, en later op de dag in de kerk. Voor God en de gemeente. Maar God zou toch ook wel begrijpen dat dit niet uit te houden was? Eerst raakte hij z'n dochter kwijt en nu zijn vrouw. Hij liep naar de telefoon en begon in het adressenboekje te bladeren.

'Wat ga je doen?'

Misschien iemand bellen die ons zou kunnen helpen.'

'Wie dan?'

'Ik weet het niet Martha. Je ouders of mijn ouders?'

'Nee, die niet?'

'De dominee?'

'Ook niet!'

'Wie dan wel? Zo kan het immers niet verder. Iemand moet ons helpen.'

'Je hoeft niet zo te schreeuwen Frank,' zei Martha onbewogen. 'Wie kan ons nou helpen? Er verandert toch niets. We moeten gewoon wachten tot Esther weer terug is.'

Toen hield hij het niet meer uit. Met een klap sloeg hij de kamerdeur achter zich dicht en griste zijn jas van de kapstok. Hij aarzelde geen moment en pakte zijn fiets. Met flinke snelheid trapte hij de straat uit. Hoe harder hoe beter, dacht hij. Alle agressie eruit fietsen. Je zou haar toch, die vrouw van hem. Ze was absoluut bezig om gek te worden. Bijna had hij haar een klap gegeven, uit woede en frustratie. Hij had zichzelf beschermd door weg te gaan. Stel je voor, zijn eigen vrouw slaan. Dat zou helemaal minderwaardig zijn. En misschien was het nog een vechtpartij geworden ook. Hij moest er niet aan denken. Maar ze haalde het bloed onder zijn nagels vandaan. De claxon van een auto bracht hem tot de werkelijkheid terug. Hij fietste midden op de weg, er kon niemand langs. Even later stapte hij af. Hij had zich in het zweet gefietst van woede. Kletsnat was hij. Waar was hij eigenlijk? Nou, in ieder geval een heel eind van huis. Dat had hij vlug gedaan. Wat zou hij moeten doen? Hij kon toch moeilijk naar de ouders van Martha gaan om zich te beklagen over hun dochter. Ze hadden er zelf ook zoveel verdriet van en wisten geen oplossing voor de problemen die hen allemaal bezighielden.

Hij besloot om maar gewoon weer terug te gaan. De woede was intussen gezakt en per slot van rekening kon Martha er ook niets aan doen dat ze zo verschrikkelijk in de war was geraakt. Langzaam fietste hij nu precies de andere kant uit. Zijn bonkend hart begon tot bedaren te komen en zijn gedachten gingen weer werken. Hij zou maar heel gewoon doen als hij weer thuis was en wat er gezegd zou worden zou helemaal van de stemming afhangen.

En die viel mee. Martha deed alsof er niets aan de hand was. Of hij een tijdje geleden niet als een vliegende tornado het huis had verlaten.

'Zo, ben je weer terug?'

'Zoals je ziet, Martha.'

'Zal ik koffie zetten?'

'Nou heel graag, dat zal wel smaken want ik heb me uit de naad gefietst.'

'Dat zie ik.'

Hij ging aan de keukentafel zitten en zag hoe

Martha water in het apparaat deed en de koffiebus pakte. Ze zette twee mokken op tafel en toen leek het opeens of er helemaal niets aan de hand was.

De dagen kwamen en gingen. De warme zomerzon ging over in de herfst zodat het te koud werd om buiten te zitten. Ze hadden niet zoveel van het mooie weer genoten omdat hun gedachten en gesprekken maar rond één onderwerp cirkelden. Martha deed trouw iedere week haar vrijwilligerswerk in het tehuis.

Eigenlijk had ze wat nieuwe kleding nodig, maar ze kon de moed niet opbrengen om te gaan winkelen.

'Zullen we samen gaan?' stelde haar moeder voor. Ik heb een nieuwe wintermantel nodig en nog wat andere dingen en dan is het fijn om iemand bij je te hebben die je kan helpen kiezen.'

Martha aarzelde. Ze wilde eigenlijk geen nieuwe kleren. Steeds alles aan- en uittrekken, daar werd je alleen maar hondsmoe van. Het was dat ze echt wat nodig had anders deed ze het niet.

'Maar dan niet hier in het dorp,' bedong ze. Haar moeder keek verbaasd. 'Waarom niet, je kunt hier beslist ook slagen. Waar zou je dan naar toe willen?'

'Naar Utrecht, naar Hoog Catharijne. Daar kent niemand me. Daar worden geen vragen gesteld hoe het met me is, of blikken van o, wat zielig toch allemaal.'

'Doe het maar voor een keer,' drong Frank aan. Hij was allang blij dat er enig initiatief van haar kant kwam.

'En ga dan een hapje eten, iets waar je zin in hebt. Maak er samen met je moeder een gezellige dag van. Weet je wat, ik breng jullie naar de trein, dan ben je in Utrecht gelijk waar je wezen moet. En als je dan belt welke trein jullie terug nemen, sta ik bij het station op jullie te wachten.'

'Vooruit dan maar, zullen we het zo doen Martha?' Ze knikte haar moeder toe. 'Goed!'

6

Op een mooie zonnige dag stapten ze op de trein. Hoewel ze het grootste gedeelte van hun tijd in het grote winkelcentrum zouden zijn, was het plezieriger als het weer ook meewerkte. Toen ze met de roltrap boven waren gekomen duizelden ze van alle drukte.

'Wat een mensen, het lijkt wel of er niemand aan het werk is,' stelde Martha vast en ze hield zorgvuldig haar hand op de klep van haar tas, bang dat die opeens van haar schouder gerukt zou worden.

'Je kunt veel beter een tasje om je hals hangen, dat is een stuk veiliger,' zei haar moeder, 'en daar gaat je jas nog overheen, dus er is niets te zien.'

'Ik zal straks bij V&D zo'n tasje gaan kopen, die zullen ze daar wel hebben.' Martha keek naar de mensenmassa die door het centrum golfde. Ze kreeg het er warm van, want het was zo lang geleden dat ze was gaan winkelen. Het liefste zou ze de trein naar huis nemen, laat die kleren dan maar zitten.

Opeens hoorde ze iemand zingen. Een donkere mannenstem zong een bekend geestelijk lied. Onwillekeurig stonden ze allebei stil om te luisteren. Iemand geheel in het uniform van het Leger des Heils zong uit volle borst. Hij had in zijn ene hand een collectebus en in zijn andere een stapeltje tijdschriften.

'Wacht even.' Martha voelde in de zak van haar mantel en diepte een euro op die ze in de bus deed.

'God zegene u,' zei de man en stopte een strijdkreet in haar hand.

'Wat moet je daar nu mee?' zei haar moeder die alles stilzwijgend had gadegeslagen.

'Gewoon, lezen, dat mag toch wel?' Martha maakte een rolletje van het tijdschrift en stopte het in haar tas.

'Maar...' begon haar moeder. Martha kapte het gelijk af.

'Ik weet wat je wil zeggen, maar ik wil het graag lezen.'

Zwijgend liepen ze verder. Het had haar aangesproken, een man die luidkeels stond te zingen. Ze zou zoiets absoluut niet durven. En een geestelijk lied al helemaal niet. Daar was echt wel moed voor nodig. Vooral omdat de mensen er onverschillig langs liepen. Het was maar een enkel iemand die even luisterde of een geldstuk in de collectebus deed. De man was al wat ouder. Zijn haar kwam grijs onder zijn pet vandaan. Een leven in dienst van zijn geloof.

'Laten we eerst jouw kleding maar kopen mam,' zei ze. 'Dan hebben we dat alvast.'

'We gaan toch voor alletwee, dat kan in één keer. En langs de gracht zijn ook allemaal nog winkels.'

Martha zag het al voor zich, winkel in winkel uit.

Want zij hadden echt nog 's zondagse kleren. Kleding die je eerst een tijd naar de kerk droeg en die dan later dagelijks gebruikt werd. Gelukkig hadden ze allebei een gangbare maat, dat gaf meer kans van slagen.

En ze slaagden wonderwel. Hypermodern hoefde het niet te zijn, maar tuttig of oubollig ook niet. Trouwens, dat soort kleding was in Utrecht niet eens te koop. Dat verschilde nogal met een winkel in een dorp.

Bepakt en bezakt vertrokken ze naar V&D, waar ze in het restaurant, helemaal op de bovenverdieping, een lekker gebakje voor bij de koffie uitzochten.

'Ik ben gelukkig binnen mijn budget gebleven.' Martha roerde in de koffie en nipte er voorzichtig aan. 'Het is dat Frank zo aandrong dat ik eens wat nieuws moest kopen, anders had ik het niet eens gedaan. Ik kan me gewoon niet voorstellen dat ik vroeger zo graag ging winkelen en kleren passen. Ik vind er niets meer aan.'

'Zo lang geleden is "vroeger" toch niet.' Haar moeder glimlachte terwijl ze naar het jonge gezichtje tegenover haar keek.

'In tijd misschien niet, maar voor mijn gevoel lijkt het veel langer omdat er zulke akelige dingen zijn gebeurd.'

'Daar heb je gelijk in. Gaat het weer een beetje tussen Frank en jou?'

'Ik weet het niet, mam.'

'Weet je het niet? Je bent er toch iedere dag zelf bij?'

'Ja, dat is het punt. Iedere dag is anders. Het is net alsof je samen op een wip zit. Als de een naar boven gaat, dan gaat de ander naar beneden!'

'Dat is heel moeilijk, meiske.'

'We kunnen eigenlijk niets samen delen. Wat er vroeger was, is er niet meer. Soms denk ik dat er helemaal niets meer is.'

Haar moeder schrok. Wat ze voor zich zag was een jonge vrouw met een verdrietig gezichtje en donkere kringen onder haar ogen. Er zat gewoon geen fut meer in, hoewel ze gewoon alles deed wat er iedere dag gedaan moest worden. Dat was het vreemde van de hele situatie. Ze at, dronk, ging naar bed, stond op, werkte, maar het jonge, stralende was verdwenen. Hoe verliefd was ze toen ze met Frank trouwde. Een en al energie, de gelukkigste vrouw van de hele wereld zoals ze zelf zei. Maar in één klap was aan alles een eind gekomen.

'Wat denk je allemaal mam?' Het viel mee dat ze daar belangstelling voor had.

'Van alles en nog wat! Blijven we hier nog even zitten, gaan we verder of eten we zo een hapje?'

'Eerlijk gezegd zou ik nog even iets willen gaan kopen,' zei Martha. 'Een verrassing. Als jij hier op de tassen past, dan ben ik zo weer terug en dan kunnen we in die lingeriewinkel op het hoekje gaan kijken of wat langs de gracht lopen. Heb je even geduld?'

'Oké,' glimlachte haar moeder. 'Ik wacht hier op je.' Ze was in de vaste veronderstelling dat Martha een aardigheidje voor Frank wilde kopen en dat ze niet mocht zien wat het was.

Maar Martha haastte zich naar de babyafdeling. Toen ze met de roltrap omhoog gingen had ze in een flits de babyafdeling voorbij zien komen en ze dacht direct aan Esther. Ze keek naar de bakken met kleine hemdjes en rompertjes. Nee, die waren te klein, daar had Esther niets meer aan. Ze zou een warm jasje moeten hebben, maar dat zou ze moeten passen en dat kon op dit moment niet. Dan maar wat anders. Een truitje, was makkelijker. Die lagen netjes opgevouwen op een plank in een hoek van de afdeling. Ze zocht er twee uit. Een geel met kleine roosjes erop geborduurd en een vestje waarvan de knoopjes lieveheersbeestjes waren.

Ze legde ze op elkaar om te kijken of ze even groot waren en rolde ze toen tot een klein donzig rolletje dat ze in haar tas stopte.

Daarna ging ze terug naar het restaurant waar haar moeder zat te wachten.

'Is het voor elkaar? Ben je geslaagd?'

Martha knikte, maar ze vertelde niet wat ze had gedaan en haar moeder vroeg niet verder.

'Kom, we gaan naar buiten.'

Vlak voor ze bij de uitgang waren hoorde Martha

haar naam roepen: 'Martha, Martha.'

Ze keek om zich heen maar ontdekte niet wie haar riep. Haar moeder liep vlakbij haar en samen wilden ze de deur uit.

Toen ging opeens het alarm af.

7

Martha opende haar ogen en keek rond in het kleine kamertje, maar het was nog aardedonker. Ze was nog een beetje suf van de slaaptablet die ze had ingenomen. Je sliep er bijzonder goed van in, maar het nadeel was dat je vroeger wakker was dan anders. In ieder geval was het veel beter dan hele nachten wakker liggen en piekeren. Daar had ze de nachten van Frank zo mee bedorven dat hij er radeloos van was geworden. Hij had zijn slaap nodig om zijn werk goed te kunnen doen. Wie overdag een wrak was vanwege slaapgebrek maakte niet veel klaar. Hij had haar nooit iets verweten, maar Martha had zich ontzettend schuldig gevoeld. En ze kon moeilijk thuis gaan slapen. Want haar moeder was er nog steeds niet overheen. Bij de uitgang van een warenhuis gepakt worden voor diefstal was niet niks. Haar moeder had haar niets verweten, maar evenals bij Frank voelde ze zich zo schuldig als wat. En hier was het natuurlijk geen onzin. Ze was schuldig. Ze had twee babytruitjes in haar tas gedaan omdat ze dacht dat Esther het koud zou hebben.

Ze was net als haar moeder verschrikkelijk geschrokken van het snerpende alarm en daarna van de hand op haar schouder.

'Mevrouw, wilt u even meekomen.'

Haar moeder was natuurlijk meegegaan, want ze was in de veronderstelling dat er bij het scannen van een prijskaartje iets was misgegaan.

Maar dat was niet het geval. Ze had heel wat uit te leggen, vond de man van de bedrijfsrecherche. Dat Esther het koud zou krijgen was wel mooi verzonnen, maar er hingen overal in het warenhuis bordjes met de mededeling dat winkeldiefstal altijd werd aangegeven bij de politie, dus die zou ingeschakeld worden om een proces-verbaal op te maken.

Dat ze er spijt van had, was natuurlijk wel een goed teken, maar ze had het gewoon niet moeten doen. Berouw komt na de zonde, zo ging het altijd. Hij had er hier heel wat gehad die huilden en jammerden, maar dat had niet geholpen. Nu was het hier de moeder van mevrouw die huilde, maar het zou kunnen dat ze gewoon medeplichtig was.

'Wist u er helemaal niets van mevrouw, dat uw dochter die babykleding in haar tas had gestoken?'

Moeder had ontkend; ze was in het restaurant geweest toen het waarschijnlijk was gebeurd, want ze waren heel de dag samen geweest en dan zou ze het immers hebben gezien.

Tot hun ontzetting moesten alle tassen met de aankopen van die dag uitgepakt worden en de bijbehorende bonnen werden vergeleken om te kijken of alles klopte.

Moeder had naar huis willen bellen, maar dat mocht niet. Er was al een agent gewaarschuwd die het proces-verbaal zou komen opmaken.

Ze gingen bijna door de grond van schaamte.

Martha was, ondanks alles, wonderlijk kalm gebleven. Ze vond dat er een enorme drukte werd gemaakt om niets. Ze had niets gestolen, ze had alleen maar voor Esther willen zorgen. En dat zei ze ook tegen de agent die haar gegevens begon op te schrijven.

'Naam, geboortedatum...'

Toen was haar moeder opgestaan en had gevraagd of ze de agent even alleen kon spreken en dat mocht, voor deze uitzonderlijke keer dan, want het was niet de gewoonte. Wat er allemaal was gezegd wist Martha niet, maar haar moeder was snikkend teruggekomen en na een gesprekje met de rechercheur van het warenhuis werd besloten dat het proces verbaal wel even kon wachten en dat Martha, samen met haar man, terug moest komen. Ze mochten naar huis en dat deden ze direct, want ze waren allebei zo van streek dat ze er niet meer aan konden denken verder te winkelen.

Frank was spierwit geworden toen hij het hele verhaal had gehoord. Hij had van schrik geen woord uit kunnen brengen.

'Martha, gestolen...?' had hij daarna alleen maar kunnen uitbrengen.

Uiteindelijk had hij begrepen wat er was gebeurd en hij had een afspraak gemaakt om samen naar

Utrecht te gaan. Zijn schaamte was diep en hevig en het was gewoon zijn begrip te boven gegaan.

Hij begreep er niets meer van, van Martha althans. Ze zouden samen lief en leed delen, zo hadden ze beloofd. Maar deze dingen overvielen hem als een donderslag bij heldere hemel.

Enfin, hij was de afspraak in Utrecht nagekomen. Samen met Martha was hij erheen gereden. Ze had onderweg weinig gezegd. Frank had verwacht dat ze er tegenop zou zien of op zijn minst zenuwachtig zou zijn, maar daar merkte hij niets van. Ze was zo kalm als wat, net of er helemaal niets aan de hand was.

In het politiebureau was ze in ieder geval wel stevig aan de tand gevoeld. Ze moest haar verhaal wel een paar keer vertellen, maar ze zei iedere keer hetzelfde. Er was geen enkele variatie in.

Tenslotte gaf de man tegenover hem het op. Wel had hij nog een stel vragen voor Frank, die zijn best deed zoveel mogelijk te vertellen over de omstandigheden.

Martha kwam er met een lichte berisping af. Het proces-verbaal zou geseponeerd worden, op één voorwaarde.

'En die is?'

Ze zou zich onder behandeling moeten stellen.

'Denkt u soms dat ik gek ben?' Martha vroeg het op dezelfde toon als ze gezegd zou hebben: 'Hier, neemt u nog een koekje.'

Natuurlijk was ze niet gek, de mannen keken

elkaar even aan. Maar ze was een beetje in de war en het zou beter zijn als ze niet meer 'per ongeluk' babykleding uit een warenhuis zou meenemen.

Martha besloot om haar woorden over de warme kleertjes voor Esther niet voor de zoveelste keer uit te leggen. De mannen snapten er toch niets van, evenals haar vader en moeder. De enige die serieus naar haar luisterde was haar zus, al vond zij het ook maar een ingewikkelde geschiedenis. Maar Annette luisterde in ieder geval. Dat deden de meesten niet. Die begonnen direct te zeggen dat het allemaal onzin was. Nu ja, onzin was een hard woord, dat zeiden ze niet precies maar ze bedoelden het wel. En iedereen zei dat Esther gestorven was en dat ze de werkelijkheid moest leren aanvaarden. Want ze leefde momenteel in een fantasiewereld. Dat zeiden ze!

Ze werd er zo verschrikkelijk moe van om tegen de stroom op te roeien, want ze moest altijd in de verdediging. Niemand gaf haar gelijk, ze werkten allemaal tegen.

Na afloop van het gesprek bij de politie was de huisarts ingelicht. Dat was een heel aardige man, maar hij snapte er evenmin iets van. Hij had haar doorgestuurd naar een psycholoog die haar uitstekend zou kunnen helpen. Er was één nadeel aan, het was niet direct dicht bij de deur en het zou beter zijn als ze tijdens die korte intensieve therapie niet alleen thuis zou zijn. Frank had zich suf gepiekerd hoe hij het zou kunnen oplossen, tot haar oma de helpende hand had uitgestoken. 'Kom maar bij mij logeren van maandag tot en met vrijdag. Dan kun je de zaterdag en zondag gewoon in je eigen huis zijn.'

En daarom lag Martha nu in een vreemd eenpersoonsbed in het logeerkamertje bij haar oma. Ze moest wel. Ze kon er nu eenmaal niet onderuit. Ze trok het dekbed om zich heen en probeerde de slaap weer te vatten. Maar na een tijdje ging ze op haar rug liggen en ze zag de zwarte nacht veranderen in schemerlicht. Ze bleef zich het hoofd breken over het voorval, vlak voor het alarm afging.

Wie had haar geroepen?

Haar moeder ontkende het in alle toonaarden. Trouwens, ze hadden toch naast elkaar gelopen. Martha had immers zelf gemerkt dat haar moeder het niet was geweest.

Ja, toch?

Haar oma begreep er ook niets van, want alle mogelijkheden waren diep uitgespit en ze waren er niet uitgekomen.

'Het zou kunnen,' had oma tenslotte aarzelend gezegd: 'Het zou kunnen dat het God was Die je riep.'

Oma was een gelovige vrouw, die heel veel had meegemaakt in haar leven en sommige dingen uit ervaring wist.

'Waarom zou Hij dat doen?' Martha was er niet helemaal gerust op.

'U bedoelt net als Paulus toen hij naar Damascus ging?'

'Nu neem je wel een heel speciaal en extreem geval. Op die manier ging het toch niet bij jou?'

'Nee, dat is zo.'

'Toch zou het kunnen, zij het op een andere manier,' vond oma.

'Het enige dat ik weet, is dat het in de Bijbel staat. In de geschiedenis van Maria en Martha. Weet u precies waar het staat?'

'Het staat in ieder geval in Lucas.' Oma stond op om haar Bijbel te halen. Ze legde hem op tafel en begon te bladeren.

Martha keek ernaar. Ze kon zien dat er heel veel in werd gelezen, hij zag er 'gebruikt' uit. Overal staken er papiertjes tussen de bladzijden.

'Lucas tien vers eenenveertig.' Oma begon aandachtig te lezen en daarna las ze de tekst hardop voor: 'En Jezus, antwoordde, zeide tot haar: Martha, Martha, gij bekommert en ontrust u over vele dingen.'

Martha knikte. 'Ja, zo is het, dat bedoel ik.'

Maar oma las verder: 'Maar één ding is nodig; doch Maria heeft het goede deel uitgekozen, hetwelk van haar niet zal weggenomen worden.'

Martha peinsde erover, terwijl ze nu stil in bed lag en

ze zich het voorval heel helder voor de geest haalde. De tekst had haar getroffen, vooral de woorden: 'Één ding is nodig.'

Die woorden bleven in haar hoofd hangen en herhaalden zich iedere keer, of het nu overdag was of 's nachts, als ze niet slapen kon. Ze wist heel goed wat er nodig was, voor haar, voor Frank... verder wilden haar gedachten niet gaan. Dat durfde ze niet, dan begon ze te zweten van angst.

Ze hoorde ergens in huis een kraan lopen en daarna wat gestommel. Dat was oma, wist ze, die stond altijd bijtijds op. Uitslapen was helemaal niets voor haar. Dat kon ze zelfs niet. Ze was nu eenmaal een ochtendmens, altijd al geweest. Ze liep nooit rond in een ochtendjas met sloffen aan haar voeten. Nee, oma was er gelijk helemaal, aangekleed en al.

Na een tijdje werd er op de deur geklopt.

'Martha, ben je al wakker?'

'Ik kom eraan.' Ze schoot in haar duster en volgde oma naar de keuken.

'Zal ik u even helpen?'

'Nee hoor, alles is al klaar.'

De tafel was gezellig gedekt met een tafellaken in vrolijke kleuren. Het roomwitte servies was stijlvol. Een pot geurige thee, een schaal met verschillende soorten brood en beschuit. Bij ieder bordje een eierdopje met een gekookt ei. Martha stond er versteld van.

'Wat hebt u dat allemaal snel voor elkaar getoverd. Dat is toch veel te veel werk.'

Ze dacht eraan hoe ze 's morgens, als Frank naar zijn werk was vertrokken, snel een boterham smeerde, er een plakje kaas oplegde en hem gezeten aan een hoekje van de tafel op at.

Oma glimlachte. 'Het is leuk om een ander eens te verwennen. Voor mezelf doe ik dat niet iedere dag zo uitgebreid. Vind je een gekookt ei wel lekker?'

Martha knikte, 'nou en of.'

'Hoe was het gesprek gisteren? Toen je thuiskwam kon je er niets over zeggen. Misschien nu wel.'

Martha schrok. Dit was echt de bedoeling niet om verslag uit te brengen over wat er wel en niet werd gezegd tijdens de therapie. Ze zou het absoluut niet kunnen, niet willen ook. Het was moeilijk om haar oma teleur te stellen want die was juist zo vriendelijk en leefde met haar mee. Maar dat betekende niet dat ze alles maar klakkeloos kon vertellen.

'Ik kan het nóg niet,' zei ze terwijl ze een beschuit smeerde en er een plakje kaas oplegde om de teleurgestelde blik tegenover haar te ontwijken.

Zoveel was er eigenlijk niet te melden. Goed, ze was er een paar keer heen geweest, maar het had absoluut tot niets geleid. Het uitwisselen van gegevens was het enige serieuze in het eerste gesprek geweest. Toen er werd gevraagd wat haar probleem was, had ze gezegd dat er geen probleem was en dat ze alleen maar gekomen was omdat ze dat verplicht was. En op de vragende blik tegenover haar kon ze als antwoord geven dat ze wat babykleertjes uit het warenhuis had meegenomen, omdat ze bang was dat Esther het koud zou krijgen. En daarna werd er gezegd dat Esther er niet meer was.

Ook al zo'n gek die haar van alles wilde doen geloven. Daar trapte ze mooi niet in. Ze had er verder het zwijgen toegedaan tot de tijd om was en ze opgelucht weg kon gaan. Maar de volgende afspraak stond al op het kaartje dat ze had meegekregen.

En die afspraak verliep op dezelfde manier. Ze had een dag kunnen bekomen hoewel ze zich helemaal niet gestresst voelde. Daarom had ze voor oma de ramen gezeemd en de gordijnen gewassen.

Oma blij en zij ook. Ze moest er gewoon niet aan denken om lange heilzame wandelingen te maken die zo goed zijn voor de gezondheid. Hè bah. Ze moest immers altijd een doel hebben. Een boodschap doen of ergens naar toe. Zomaar in het wilde weg rondlopen, daar had ze op het moment totaal geen zin in. Dan kon ze net zo goed naar huis gaan om haar eigen ramen eens onderhanden te nemen. Die waren vuiler dan die van oma.

Maar ook deze afspraak werd niets! Allebei zwijgen. Ze wilde het niet, ze wist niet wat ze moest zeggen en zolang zij niks zei, werd er ook geen antwoord gegeven.

't Was een tamelijk genante voorstelling. Maar deze keer kreeg ze een opdracht mee. Het was de bedoeling dat ze het rouwkaartje van Esther voor zich nam en er rustig mee achter de tafel ging zitten. Dat moest drie keer per dag gebeuren, zo'n minuut of vijf. Daarna zou ze de tekst hardop voor moeten lezen.

Ze belde Frank die het kaartje opstuurde, want ze had het niet eens bij zich. Ze vond het maar een vreemde gewaarwording. Zelfs oma had haar twijfels, maar ze zorgde wel dat Martha het deed. In alle rust, zonder zich te generen, want zelf ging ze dan de kamer uit.

Langzaam, heel langzaam veranderde er iets in Martha. Hoewel ze nog steeds geen echt gesprek kon voeren tijdens de therapie, begon haar waan af te brokkelen.

Ze besefte dat zij de enige was die in haar zelfbedachte verhaal geloofde. Het zou toch wel vreemd zijn dat iedereen om haar heen het verkeerd zag en zij de wijsheid in pacht had.

De lieve en zorgzame opstelling van haar grootmoeder, die een eindeloos geduld had, begon aan te slaan. Als ze de zaterdag en zondag thuis was, liep ze niet de hele tijd het babykamertje meer binnen. Trouwens, Frank had het wiegje op de zolder gezet met een laken er overheen en het kamertje weer zo goed als mogelijk was in de oude staat teruggebracht. Alleen de meubeltjes herinnerden haar aan de bestemming. Ze had het allemaal gezien en daarna had Frank het kamertje afgesloten.

'Als je wilt, mag je erheen, maar ik heb de sleutel op zak. Daar zul je dus om moeten vragen,' had hij gewaarschuwd.

Martha vond het eerst maar niets. Heel erg bazig van Frank. Een echt mannenstandpunt en nergens voor nodig.

Maar op den duur gaf het een stukje rust. Het was een soort verslaving geweest, merkte ze nu. Haar voeten waren er automatisch naar toe gegaan en nu moest ze afwennen en dat ging beter dan Frank en zij hadden verwacht.

Misschien zou alles nog ten goede keren.

8

Alle opdrachten die Martha kreeg, voerde ze dapper en met veel energie uit. Haar omgeving stond er versteld van, maar veel resultaat kregen ze nog niet te zien. Tot de keer dat Martha was gaan praten en ze hard snikkend naar het huis van haar oma stormde.

'Wat is er gebeurd meiske,' zei die verschrikt hoewel ze direct de verandering in Martha opmerkte. Maar ze wist niet of deze ten goede of ten kwade was.

Martha zei niets en plofte op de bank neer, ze trilde helemaal.

'Zal ik een kopje thee of koffie zetten?'

Een arm werd liefdevol om haar schouders geslagen. Martha schudde haar hoofd. 'Nee, ik hoef niks. Maar nu begrijp ik eindelijk, eindelijk waar het om gaat. Esther komt niet meer terug hè oma? Ze is gestorven. Ze komt nooit, nooit meer terug.'

De vrouw naast haar zei niets. Ze streek over het hoofd dat op haar schouder lag en wilde wel dat ze zelf de smart kon dragen, die haar kleindochter nu voelde.

'Ik wilde het niet geloven. Ik kon het gewoon niet in mijn hersens laten doordringen dat het zo was.'

'Het is ook zo moeilijk, omdat het zo plotseling gebeurde. Er ging geen ziekte aan vooraf. Die bereidt je soms voor op het onvermijdelijke. Maar nu stond je opeens voor het afschuwelijke feit.'

'Jullie hebben het vaak genoeg gezegd, dat besef ik nu. Iedereen heeft zijn best gedaan om het me te laten zien maar ik ging gewoon maar door.'

'Hoe komt dit nu opeens?'

'Nou ja oma, als je je moet concentreren op het rouwkaartje en al jullie uitspraken serieus moet nemen, kun je niet meer ontvluchten. De waarheid haalt je in.'

'Het was een vlucht, dat begrijp ik ook wel.'

'Ik zat daar te praten en bijna alles wat ik zei werd genegeerd. In het begin zei ik helemaal niets, dus ik vond het nogal wat dat ik in gesprek raakte over allerlei dingen.'

'Behalve over Esther.'

'Ja, dat is zo,' zei Martha zacht. 'En opeens kwam het overweldigende gevoel op me af, dat iedereen gelijk had, behalve ik. Toen heb ik staan schreeuwen en stampvoeten, ik schaam me er nu voor.'

'Dat hoeft helemaal niet, het werd je toch niet kwalijk genomen?'

'Nee, absoluut niet. Ga door, riep hij, gooi het van je af. Eindelijk kunnen we gaan beginnen. Huil maar zoveel je wilt, dat is goed. Maar ik werd er bang van want ik kreeg de neiging om met mijn spullen te gaan gooien en het koffiebekertje tegen de muur te ketsen. Toen ben ik hierheen gerend, zonder afspraak te maken.'

'Je had wel een ongeluk kunnen krijgen,' schrok

oma. 'Zo maar onbesuisd wegrennen. Ik ga even bellen.' Ze stond op en pakte de telefoon. Het was niet zo'n erg lang gesprek. Oma was verontwaardigd dat Martha niet was tegengehouden.

'Wat zei hij?' vroeg Martha nadat de hoorn was neergelegd.

'Dat je zo vlug weg was en uit het gezicht verdwenen, dat achterna rennen geen zin had. Maar hij vond het heel vervelend. Of je wilt bellen voor een nieuwe afspraak.'

'Nu direct?'

'Nee, morgen of zo. Kom eerst maar even tot jezelf.'

'Nu lust ik wel een kopje thee oma. Zal ik het voor u zetten?'

'Nee, alles staat al klaar. Ik ga het vlug doen.'

Even later nipten ze van de warme rooibosthee waar ze allebei bijzonder veel van hielden.

'Gek hè, dat ik eindelijk inzicht in alles heb gekregen. Ik ben heel lastig geweest voor jullie en dat spijt me erg.'

'Dat hoeft echt niet, we vonden het vreselijk voor je dat je het niet kon accepteren terwijl we allemaal verdriet hadden en niets voor je konden doen.'

'Maar dat deden jullie wel, alleen ik zag het niet. Ik ben er nog niet oma, ik ben er echt nog niet.'

Hun zwijgen vulde de kamer. Martha keek naar een zonnestraal die binnenviel en waarin ze wel duizenden stofjes zag dansen. De tastbare werkelijkheid greep haar aan. Nu de bres in haar afweer was geslagen, kwamen er heel andere vragen bij haar op. Vragen die nauwelijks ter sprake waren geweest en die ze ook had genegeerd en afgeketst. Ze had er nooit over willen denken en praten, maar nu kon ze er niet meer omheen.

'Oma, waarom doet God mensen zoveel verdriet aan? Als Hij liefde is, dan klopt dit toch niet. Hij wist immers hoe blij we waren met ons kindje. En dan nog eens wat, waar is ze nu? Als ze verloren is gegaan, is het niet eerlijk, dat vindt u toch ook?'

Nu was het oma die met haar tranen te kampen had.

'Dat zijn buitengewoon moeilijke vragen, meiske.' Ze nam Martha's hand en vervolgde: 'Ik was het er ook niet mee eens, in het begin tenminste. Ik worstelde met dezelfde vragen als jij. Dag en nacht liep ik te huilen, omdat ik het zo verschrikkelijk vond. Tot ik op een gegeven moment ging inzien dat wij God de wet niet kunnen voorschrijven. Natuurlijk weet je dat wel, met je verstand tenminste. Je beaamt het, als het in de kerk wordt gezegd. Maar er is een groot verschil tussen het weten en het inleven. Als je er zelf voorstaat lijkt alles heel anders. Dan kost het vlees en bloed.'

'En hoe bent u daar uitgekomen? Denkt u nog zo?'

'Nee, op de zondag dat Esther gedoopt zou worden, want dàt was al vastgelegd en jij had de doopjurk al in huis, toen werd ik heel erg bepaald bij een tekst uit psalm 103, over de goedertierenheid des Heeren. Ik wist eerst niet precies waar die tekst stond, dus ik heb de concordantie erbij gepakt en gevonden dat het psalm 103 was. Zullen we het gedeelte samen eens lezen?'

Martha knikte en oma stond op om de Bijbel te pakken. Ze bladerde even tot ze het gevonden had en zette haar leesbril op.

'Maar de goedertierenheid des Heeren is van eeuwigheid en tot eeuwigheid over degenen, die Hem vrezen, en Zijn gerechtigheid aan kindskinderen.'

'Dat was de tekst die als een bom in mijn ziel sloeg. Ik heb er een tijdje sprakeloos bij stilgezeten om steeds opnieuw het geschrevene te lezen. Daarna moest ik huilen, maar wel van blijdschap. Het was zo'n ongelooflijk groot wonder dat ik dat geloven mocht.'

'U bedoelt...' zei Martha,' dat mijn kindje behouden is?'

'Ja, de dagen erna was ik er steeds mee bezig en steeds vaster werd mijn geloof in de bijbelse boodschap.'

'Maar hoe weet u dat dan zeker?'

'Omdat, als God je die tekst in je hart geeft, Hij ook het geloof om het te aanvaarden erbij geeft. Het bijbelgedeelte slaat precies op de omstandigheden waarin je verkeert en dat weet alleen God.'

Martha's ogen vulden zich met tranen.

'Waarom hebt u dat niet eerder tegen me gezegd?'

'Omdat je er niet voor openstond. Ik kon het niet kwijt aan je, omdat je de dood van Esther steeds ontkende. Maar ik heb het wel aan je ouders verteld en dat was een grote troost voor hen.'

'En Frank?'

'Frank weet het ook. Hij is er diep door getroffen en hij heeft het volste vertrouwen dat het op den duur weer beter met je zal gaan. Het is nogal wat, Martha, dat hij helemaal niet moeilijk doet over het feit dat je zoveel hier bent, want hij mist je verschrikkelijk. Maar hij was ontzettend bang dat jullie zo uit elkaar zouden groeien dat een breuk onvermijdelijk zou zijn.'

'Daar heb ik nooit bij stil gestaan,' zei Martha geschrokken. 'Is het zo erg?'

Haar oma knikte. 'Ja, het is heel erg. Frank is verschillende keren in tranen bij je ouders geweest omdat hij niet meer wist wat hij ermee aanmoest. Daarom heb ik het hun verteld van die vertroostende tekst en de hoop die ik eruit putte, anders zou het voor iedereen te zwaar zijn geworden.'

Het werd stil in de kamer. Martha's gedachten tolden door haar hoofd. Ze was opeens met beide benen op de grond gekomen en besefte de schade die ze had aangericht.

'Ik deed het niet expres,' zei ze tenslotte.

'Dat weet ik, meiske. Niemand doet zulke dingen expres. Als je geest bepaalde dingen niet meer verwerken kan, schept ze zich een droomwereld. Een boze droom wordt het dan en daar geloof je zo sterk in dat je naar niemand wil luisteren. Dan denk je dat iedereen het verkeerd heeft, behalve jij zelf.'

Martha knikte.

'Ja, daar was ik vast van overtuigd. Ik kon er gewoon niet bij dat jullie me niet begrepen. Maar ik begin nu in te zien dat ik totaal verkeerd was. Wat erg voor jullie.'

'Maar ook voor jezelf Martha.'

'Ik denk dat ik morgen maar naar huis ga, lijkt u dat ook niet het beste?'

Oma schudde haar hoofd. 'Nee, dat lijkt me niet. Je kunt veel beter nog een gesprek hebben met je therapeut om te kijken wat de verdere plannen zijn. Daar moet je Frank ook in betrekken. Hij heeft het er zo verschrikkelijk moeilijk mee. Maar hij zal geweldig blij zijn dat er een doorbraak is gekomen.'

'Ik zal hem vanavond bellen, maar wat moet ik zeggen?'

Opeens drong de rauwe werkelijkheid weer tot haar door en ook de toestand waarin ze verzeild was geraakt. Hoe kwam ze hier uit? De tranen stroomden over haar wangen, ze voelde zich verslagen en totaal machteloos. Oma's hand streek over haar haar. 'Huil maar gerust, laat de tranen maar komen. Je hebt ze lang genoeg ingehouden.'

'Moeder zei vroeger altijd, als ik eens ergens om huilde: bewaar je tranen maar voor later, als je ze écht nodig hebt. En nu heb ik ze nodig oma.'

'Dat begrijp ik, je hoeft je voor mij niet goed te houden. En wat je tegen Frank moet zeggen, nou ik denk dat de woorden vanzelf wel zullen komen als je hem vanavond aan de telefoon hebt.'

En dat was ook zo. Frank wist niet wat hij opeens hoorde. Ondanks het luide gesnik van Martha begreep hij precies waar het om ging en wat hij tegen haar moest zeggen. Diep in zijn hart voelde hij, ondanks het verdrietige gesprek, een vreugde opwellen die hij in maanden niet had gekend. Martha zou weer de oude worden. Martha zou naar huis komen, waar het stil en eenzaam was zonder haar. Hij miste haar warmte en liefde, hij miste haar onvoorstelbaar. Toch zei hij er niet veel van, want hij was bang het tere eerste contact te verstoren met zijn eigen gedachten en verlangens. Daarom luisterde hij en luisterde net zolang tot Martha uitgepraat en uitgehuild was.

'Wat vind je ervan, Frank?' vroeg ze tenslotte.

'Ik hou van je, Martha,' verklaarde hij alleen.

'Ja, maar dat vroeg ik niet, wat denk je nu?'

'Zo buitengewoon veel, dat kan ik niet in het kort in woorden overbrengen. Dat kan ik alleen maar zeggen als ik bij je ben en je in mijn armen kan houden.'

Martha kalmeerde en zweeg even. 'Daar verlang ik ook naar. Misschien... nee ik weet het wel zeker, kunnen we samen alles verwerken. Niet ieder apart zoals we tot nu toe gedaan hebben.'

Ze was geestelijk uitgeput toen ze de telefoon neerlegde.

'Zullen we even een blokje omlopen?' vroeg oma. 'Zomaar zonder praten de frisse buitenlucht in?'

'Ja, dat lijkt me fijn.'

Even later liepen ze de donkere avondlucht in. De wind woei door hun haren en zoals ze hadden afgesproken, zeiden ze niets, maar stapten stevig door. Veel huizen hadden de gordijnen niet gesloten, zodat de wandelaars naar binnen konden kijken en al de verschillende interieurs met elkaar vergelijken. Veel mensen zaten televisie te kijken. Anderen waren bedrijvig bezig of zaten de krant te lezen.

Martha dacht aan het gesprek met Frank dat zo wondergoed was verlopen. Het was een pak van haar hart en haar voetstappen waren licht en luchtig.

Oma voelde de blijdschap in haar hart, omdat ze deze kleindochter, waar ze zoveel van hield, tot een 'hand en voet' had mogen zijn. Haar eigen leven was verschrikkelijk zwaar en moeilijk geweest tot haar man was overleden, toen was het eindelijk een beetje normaal geworden. Maar daar wilde ze op dit ogenblik niet aan denken. Elke dag kon ze haar zorgen en teleurstellingen in haar gebed kwijt. Niet dat ze dan zomaar verdwenen waren maar er was Iemand die haar hielp en trooste. Dat was het grootste wonder dat haar uit genade was ten deel gevallen.

Toen ze af en toe een spatje regen voelden draaiden ze om, richting huis. Geen van beiden had een paraplu bij zich. Met blozende wangen stapten ze de voordeur in.

'Hè, nou warme chocolademelk,' zei Martha terwijl ze haar jas ophing.

'Die wens kan ik voor je vervullen, daar heb ik ook trek in.'

Even later zaten ze samen aan de chocolademelk. Martha had haar handen om de kom geslagen en blies de damp weg. Ze voelde zich meer ontspannen dan ze in lange tijd was geweest.

'Oma, u hebt ook geen makkelijk leven gehad hè? U hebt heel veel meegemaakt.'

'Ja kindje, dat is zo. Soms word je zelfs sterker van alles, maar veel mensen laten bij moeilijkheden de moed zakken en wentelen zich in zelfbeklag. Dat is verkeerd.'

'Maar wel begrijpelijk. Iedereen is nu eenmaal anders. Opa was toch niet zo makkelijk na dat ongeluk?'

Oma zweeg even, alsof ze moest nadenken, maar alles stond haar helder voor de geest, alsof het gisteren allemaal was gebeurd. Haar man, flink en gezond, die een motorongeluk had gekregen, waarbij zijn hoofd de vangrail had geraakt.

Nadat hij van al zijn breuken en wonden was genezen kon je eigenlijk niet veel aan hem zien, totdat hij zijn mond opendeed. Er was iets in zijn hersens beschadigd en daar konden de doktoren helemaal niets meer aan doen. Ze kreeg een verstandelijk gehandicapte man thuis en dat was een heel zwaar kruis geweest. Hij was erg ongezeglijk, maakte altijd en overal ruzie over en kon in zulke heftige woedeaanvallen uitbarsten dat de borden door de kamer vlogen. Hij was te goed om ergens opgenomen te worden, maar te slecht om thuis te blijven.

'Nee kind, opa was niet zo makkelijk, daar heb je gelijk in. Ik heb inderdaad geen fijn leven gehad. Iedere dag was er weer wat anders en nooit wat goeds. 's Morgens bad ik altijd om kracht voor de nieuwe dag, om weer met hem om te kunnen gaan, om hem weer te verdragen, maar binnen het uur was het al weer mis. Ik wilde hem in het begin als mijn man zien, maar dat lukte niet. En dat was zo'n zwaar kruis. Tot ik hem, op advies van de dokter als patiënt ging beschouwen werd het iets beter, hoewel het me veel energie kostte.'

Martha had stil zitten luisteren. Ze was blij dat oma er eens over vertelde, want eigenlijk wist ze er niet zoveel van. Haar moeder had er nooit uitgebreid over gesproken, alsof ze zich schaamde over de toestanden die er altijd met haar vader waren geweest. En zelf had ze dan niet dóór durven vragen. Ze had aan het gezicht van haar moeder gezien dat ze dat niet wilde.

'Iemand die een hersenletsel heeft, is in huis bijna niet te hanteren. En vooral de persoon die er het dichtst bij staat is altijd de gebeten hond. Geduld is het allerbelangrijkste dat je nodig hebt.'

'Had u dan helemaal geen maatje meer?' vroeg Martha, die intens medelijden had met de vrouw tegenover haar.

'Nee, geen arm om je schouder, geen vriendelijk woord, geen medeleven, geen begrip, en ga zo nog maar door. In zo'n huwelijk ben je eenzamer dan een alleenstaande.'

'Ja, dat kan ik begrijpen,' zei Martha uit de grond van haar hart. Nu oma eenmaal aan haar verhaal was begonnen ging het haar makkelijker af.

'Het is vierentwintig uur zorgen,' ging oma verder. 'Er is werkelijk geen ontsnapping mogelijk; wat heb ik gehoopt dat hij eens een uurtje ging wandelen of eens met vakantie mee zou gaan als ze van de kerk iets organiseerden, maar hij wilde helemaal niets.'

'Dus u kon nooit eens op adem komen?'

'Nee nooit, en bijna niemand begreep het. Ook de familie niet. Want als er iemand kwam, dan kon hij zich buitengewoon goed houden. Net zolang tot ze weg waren en dan zat ik er weer mee. Om met zo'n patiënt te leven, daar ga je psychisch en lichamelijk onderdoor.'

De tranen sprongen in haar ogen, ze veegde ze weg en snoot haar neus.

'Och Martha het is niet goed om dit allemaal te vertellen, ik schaam me ervoor.'

Nu was het Martha die haar oma troostte.

'Het is toch gewoon de waarheid, oma. Het geeft niets dat u dit allemaal vertelt. U heeft een verschrikkelijk zwaar leven gehad en daarbij ook nog eens weinig begrip.'

Stil zaten ze bij elkaar, ieder met een hoofd vol gedachten.

'U heeft in die tijd heel veel steun gehad aan uw geloof?' zei Martha.

Oma knikte. 'Ja, mijn geloof...'

9

Martha had de tijd nodig om over oma's verhalen na te denken. Ze wilde zelf ook zo graag echt geloven. Een bekering van haar hart, vergeving van haar zonden, kortom een ander leven in dienst van de Heere Jezus.

Dat was niet makkelijk had ze altijd gedacht en in haar omgeving waren ze dezelfde mening toegedaan. Daarom was ze zo onder de indruk dat het bij oma op een heel bijzondere manier was gegaan.

Natuurlijk was oma na haar christelijke opvoeding de kerk trouw gebleven, maar om nu te zeggen dat ze overal zo hevig in geïnteresseerd was, nee dat niet. Behalve als ze eraan dacht dat het leven niet eindeloos was, maar dat er een moment kwam dat ze de aarde zou moeten verlaten.

En dan?

Sterven leek haar verschrikkelijk. Daar wilde ze liever niet aan denken. En als je ergens niet aan wilde denken, dan schoof je het heel ver van je af. Tot het bijna verdween. Maar na het ongeluk van haar man was ze tot het besef gekomen dat er maar een handbreedte was tussen leven en dood.

Het ene moment was je jong en gezond en een uur later lag je op de intensive care en werd er voor je leven gevochten. Daar stond je niet zo vaak bij stil, want dat gebeurde altijd bij een ander. Dat las je in de krant en dan zei je: 'O, wat erg, zomaar ineens is iemand gestorven.'

Dan leek het ver van je bed. Gelukkig was je het zelf niet. Maar na het ongeluk van haar man begon ze na te denken. Ze was geschokt en verdrietig en kon niemand de schuld geven van het ongeluk. Het overkwam je en het was immers onmogelijk om God de schuld te geven. Wie was de mens die in opstand zou komen tegen de almachtige God? Ieder mens moest immers zijn kruis dragen?

Maar op een dag, ze hadden warm gegeten en de afwas gedaan, gebeurde er iets. Nog even het gasfornuis schoonmaken, dacht ze bij zichzelf en ze haalde een nieuw schuursponsje uit de kast.

Toen ze daar zo mee bezig was viel er opeens een tekst in haar hart.

'Want beter dan dit tijd'lijk leven
is Uwe goedertierenheid.'

Ze ging verder met schoonmaken, maar de tekst drong zich zo op, dat ze met haar werk op moest houden. Het was vast en zeker een psalm die ze die zondag in de kerk hadden gezongen, dacht ze. Ze haalde haar psalmbijbeltje tevoorschijn en zocht net zo lang tot ze het had gevonden.

Psalm 63 vers 2, daar had ze het. Ze las het vers zacht voor zich uit en zocht toen in de Bijbel naar de onberijmde tekst. 'Want Uw goedertierenheid is beter dan het leven.'

Nee, dat hadden ze niet gezongen, ze wist het opeens heel zeker.

Maar wat was de bedoeling hiervan?

Martha had stil geluisterd, ze was onder de indruk van oma's verhaal. Haar moeder had altijd gezegd dat oma een zogenaamde Paulus-bekering had gehad. Dit werd zo genoemd, omdat het een krachtdadige bekering was, waarbij je in heel korte tijd werd overgebracht van de duisternis naar Gods wonderbaar licht. Ze wist ook dat mensen 'teksten kregen'. Een bepaalde tekst of psalm werd dan in hun hart gehoord. En het paste altijd precies bij de omstandigheden waarin die persoon verkeerde. Zo was het bij oma dus ook gegaan.

'En toen?'

Oma was er steeds mee bezig geweest. Ze kon het gewoon niet kwijtraken en tenslotte had ze begrepen dat God haar daar iets mee wilde zeggen.

Ze had veel verdriet over haar man en ze had het moeilijk met de veranderde omstandigheden waarin ze na het ongeluk waren terechtgekomen. Ze was er ook opstandig over geweest. Waarom moest hen dit allemaal overkomen? Een gezin met jonge kinderen waar ze eigenlijk alleen voor stond, omdat haar man niet meer degene was die hij altijd was geweest. Een man die een hersendefect had, en onderschat dat niet. Die zijn werk was kwijtgeraakt en nu de hele dag thuis op haar zat te vitten. Die jaloers en achterdochtig was geworden omdat hij niets meer te doen had en boos was op alles en iedereen.

Haar gebed was iedere dag geweest of God haar man beter wilde maken. Of Hij hem zo wilde veranderen dat het weer als vroeger zou zijn. Dat er vrede, harmonie en rust zou zijn omdat het haar vaak teveel was en ze er niet goed meer tegen kon.

Maar door het nadenken over die tekst begon ze te begrijpen dat ze verkeerde dingen aan God vroeg. Hij wilde haar door die tekst leren dat ze het kruis dat op haar schouders was gelegd moest aanvaarden. Zíj was het, die anders moest gaan denken. Zíj moest zich schikken in het onvermijdelijke en dan wilde God haar helpen om het te kunnen dragen. Dat waren andere dingen dan waarom ze bad.

En als de goedertierenheid van de Heere beter was dan het tijdelijke leven, zat daar een boodschap in om God te zoeken, en te verdragen wat op haar weg kwam. Dat was oneindig veel beter dan een gelukkig en plezierig aards leven. Want aan het aardse leven zou eens een eind komen.

Het was heel wat om dat allemaal te verwerken. Vooral, omdat ze zich hoe langer hoe schuldiger begon te voelen tegenover haar Schepper.

Wat had ze onnadenkend geleefd. Zelfs de laatste tijd als trouwe kerkganger die nooit haar plaatsje leeg liet.

Maar haar man begreep het allemaal niet.

Hij vond het gewoon onzin. Je was gedoopt, had

belijdenis gedaan en hoorde bij een kerk. Dan geloofde je immers? Want als je niet zou geloven, hield je het niet vol. Dat was zo duidelijk als wat.

Hij begon moeilijk te doen als ze eens een keer extra naar de kerk wilde. Of als ze sommige dingen niet meer kon doen.

'Overdrijving, pure overdrijving,' riep hij dan. Vooral als ze erover sprak hoeveel zonde ze in haar leven had gedaan. Alles kwam naar boven. Zelfs de kleinste dingetjes van vroeger. Ze zag alleen maar schuld en bad vele malen per dag om vergeving.

'Wat doen wij nu voor kwaad?' zei hij dan. 'We leven keurig netjes, stelen niet, doen geen overspel. We zijn altijd goed voor onze medemens, kom nou het zal heus wel meevallen. Wees maar niet ongerust.'

Maar dat was ze wel.

En bang was ze ook.

Als er nu eens wat met me gebeurde, een ziekte of een ongeluk. Wat dan? Ik ben niet met God verzoend. Ik kan Hem niet onder ogen komen. Ik ga verloren. En die gedachten zorgden ervoor dat ze weinig rust had. Ze durfde er niet zoveel met andere mensen over te praten, want de een wist dit te vertellen en de ander dat. In ieder geval ging het zo gemakkelijk niet. Je werd zomaar niet bekeerd. Sommige mensen worstelen er heel hun leven mee en dan was er bij het sterven geen echte zekerheid maar een 'misschientje'.

En die gedachten vond ze verschrikkelijk. Zo kon ze niet leven. Je hele verdere leven op de woeste golven dobberen en nergens aan land kunnen komen. Ze las het boek De christenreis van Bunyan en verwonderde zich over het laatste gedeelte waar Christen de doodsjordaan over moest steken en Hopende hem begeleidde. Iedere keer ging Christen kopje onder maar Hopende troostte hem en zei tenslotte: 'Broeder, ik zie de Poort!'

Maar zij zag helemaal geen poort, alleen maar duisternis.

'En toen oma? Hoe ging het verder?'

Op een dag besefte ze dat ze het zelf niet kon. Wat ze ook zou proberen, het zou niet lukken. Een net leven was geen voorwaarde. En toen dacht ze: 'Nou, als ik er helemaal niets voor kan doen, dan moet ik maar verloren gaan. Dat heb ik verdiend en dan heeft God groot gelijk.

Die toestand duurde een tijdje, totdat ze in de kerk zat en de tekst van die morgen was: 'Zie het Lam Gods dat de zonde der wereld wegneemt.'

Het was alsof de bliksem in haar ziel sloeg. Dat was de waarheid! Dat voelde ze.

Toen ze de kerk uitging voelde ze zich een ander mens. Ze was vervuld met blijdschap want ze hoefde het niet meer alleen te doen.

Er was licht aan het einde van de donkere tunnel.

Ook haar zonden konden worden vergeven.

'En hebt u daarna nooit meer getwijfeld? Of gedacht dat u het zich allemaal had verbeeld?'

Jazeker, dat had ze, heel veel keer zelfs. De blijdschap en gelukkige gevoelens waren vaak aangevochten. Soms was alles helemaal weg, dan kon ze er geen vat meer op krijgen. Maar de Bijbel bemoedigde haar aan alle kanten. En ook de gesprekken met medegelovigen waren opbeurend en hartversterkend. Ze begrepen elkaar met weinig woorden en zo konden ze elkaar tot een hand en een voet zijn.

'En opa, wat zei die ervan?'

Die stelde zich in het begin heel neutraal op. Hij had het idee dat het wel zou overwaaien zogezegd. Maar toen hij merkte dat ze heel veel troost in haar geloof vond, vond hij dat niet zo fijn als ze had verwacht. Want hij eiste eigenlijk alle aandacht op. Hij was tenslotte ziek en zij niet.

'Hij is nooit veranderd hè?'

Nee, hij is gestorven zonder dat hij ooit zijn toevlucht bij de Heere Jezus had gezocht en dat was vreselijk.
    'Was hij niet bang?'

'Nee Martha, helemaal niet. En dat was iets wat ik later pas ging begrijpen. Als je geen indrukken hebt van de eeuwigheid en je geen Borg hebt voor je ziel, is je geweten vaak helemaal verhard. Dan denk je: dood is dood. Of je houdt het erop dat je gelooft dat er een God is en dat zoiets genoeg is. Dat echte gelovigen, bekrompen en kortzichtige mensen zijn. Dat je als gelovige helemaal niets meer mag en een benauwd leven moet leiden.'

'Maar dat is toch niet waar?'

'Nee, dat is niet waar. Je ervaart een vrijheid waar je verwonderd over bent. Want je hoeft het zelf niet meer te doen. Trouwens, alles wat je doet kan je schuld niet wegnemen. Alleen het bloed van Jezus Christus reinigt van alle zonden. Natuurlijk wil je dan leven naar de Bijbel. Maar dat zijn vruchten van het geloof. Dat zijn geen voorwaarden, want God heeft ons onvoorwaardelijk lief. Daarom is je verdriet zo diep als je toch weer verkeerde dingen doet. Dan vraag je om vergeving en heb je een hekel aan jezelf, omdat je het goede wil doen maar je het kwade hebt gedaan. Dat zal een strijd zijn, tot aan je dood.'

'De oude en de nieuwe mens!' wist Martha.

'Ja.'
Martha zuchtte diep. Dat was het echte verhaal van

oma. Omdat ze het zelf had verteld, met alle emoties die daarbij aanwezig waren. Dàt was dus een 'Paulus-bekering'. Nu begreep ze er meer van. Maar niet iedereen had dezelfde ervaring.

Al deze dingen gingen door Martha's hoofd in de dagen dat ze haar spullen bij elkaar zocht en de laatste gesprekken met haar therapeut had. Er was een wending gekomen in haar doen en denken, waar iedereen blij mee was. Martha was anders aan het worden, Martha kon praten, ze wilde voorgoed naar huis. Ze verlangde naar Frank en haar eigen huis-houdentje. Dat je door gesprekken kon veranderen had ze nooit verwacht. En toch was het gebeurd. Ze was er nog niet helemaal, maar het ging de goede kant uit. Ze had zelfs weer een keer spontaan gela-chen.

Natuurlijk was Esther nog heel dichtbij en dat zou nooit weggaan. Dat hoefde ook niet. Ze moest het een plaatsje geven. Zoals alle moeders die een kind verloren hadden dat moesten doen. Want het leven ging nu eenmaal verder. Of je wilde of niet.

10

'Zo, meiske, ben je weer terug. We hebben je gemist hoor.' Martha's hand werd vastgepakt en gestreeld. De oude mevrouw kwam haar kopje koffie halen en keek verrast op dat ze Martha weer op haar vaste plekje zag, achter de koffie en theekannen.

'Hoe gaat het met je? Je bent ziek geweest hè? Ben je weer helemaal beter?'

Martha dacht even na voor ze uitleg gaf. Je hoefde natuurlijk niet alles te vertellen maar de belangstelling was zo oprecht en hartelijk gemeend dat het haar een warm gevoel gaf.

'Het gaat op het moment heel goed met me,' antwoordde ze vriendelijk.

Het was fijn om weer terug te zijn. Ze kon niet begrijpen dat sommigen oude mensen als vervelende zeurpieten beschouwden. Er was een heel reservoir van liefde en medeleven aanwezig. Natuurlijk waren er oudjes die mopperden of ontevreden waren. Maar niet zoveel als buitenstaanders dachten. Martha was blij om weer op haar oude plaatsje te zijn en de vriendelijke knikjes te zien. Het had haar het beste geleken om gewoon weer naar het bejaardenhuis te gaan en de draad weer op te pakken. Verder gaan, waar ze was gebleven en dan maar kijken hoe de zaken zich ontwikkelden. Ze voelde zich bevrijd ondanks de verdrietige werkelijkheid die ze had moeten accepteren.

Het enige waar ze nog een beetje mee zat was dat Frank nog niet alles te boven was. Hij kon soms op een bepaalde manier naar haar kijken dat ze zich onbehaaglijk begon te voelen. Maar als ze vroeg of er iets was zei hij dat ze zich dat verbeelde, want er was helemaal niets.

Wel kon ze goed over Esther praten met hem. Vooral omdat hij de bijeenkomsten had bezocht van ouders die een kind hadden verloren. Ze kwam er achter hoe heilzaam het was om dingen samen te delen. Omdat Frank alles aan haar vertelde, had ze op den duur het idee dat ze er zelf was geweest. Het babykamertje zat niet meer op slot, want ze had de behoefte verloren om er steeds maar naar toe te gaan en er een hele ochtend te zitten.

De verhouding met haar ouders was ook beter geworden nu ze met haar verdriet kon omgaan en niet alles meer weg wilde stoppen. Haar moeder was blij dat de muur van zwijgen was doorbroken. Ze was er tientallen keren tegenop gelopen en had niet geweten wat ze moest doen of hoe ze Martha kon bereiken. Het ging vanzelf beter met allen nu er gesprekken waren en niet iedereen steeds op zijn woorden moest letten. Hun gebed was verhoord en daar waren ze dankbaar voor.

Ze zag opeens een opgeheven theekopje. 'Sta je een beetje te dromen?'

Martha glimlachte. 'Te denken, en dat is iets heel anders,' antwoordde ze.

'Ja, dat is zo. U hebt een kindje verloren, heb ik gehoord.'

Martha's ogen schoten vol tranen; nu ze haar gevoelens toeliet had ze daar vlug last van.

'Ja, dat is waar,' antwoordde ze aangedaan.

'Dat heb ik ook meegemaakt,' zei de vriendelijke stem. 'Kom gerust eens naar mijn kamer als je erover zou willen praten.'

Martha keek naar het gezicht tegenover haar met de talloze fijne rimpeltjes.

'Kom je er overheen, als moeder?' vroeg ze op de man af.

'Je moet het een plaatsje geven. Het is bij mij al zo lang geleden, maar je vergeet het nooit. Dan denk je, nu zou ze zo oud zijn en nu zo oud, maar ze groeit niet met je mee. Dat kan ook niet, het blijft klein en broos en lief. Een schim, een herinnering. De scherpe pijn gaat eraf, maar het gaat nooit weg.'

Martha schonk het theekopje vol. 'Ik vind het een lief aanbod van u. Misschien doe ik het wel een keer, maar dan laat ik het van tevoren weten. Is dat goed?'

'Natuurlijk lieve kind, het aanbod is helemaal vrijblijvend.' Ze liep, voorzichtig, om geen thee te morsen naar een tafel om een tijdje uit het raam te kunnen kijken.

Martha bleef verwonderd achter. Ze was vast van plan om het aanbod aan te nemen hoewel de meeste

collega's haar gewaarschuwd hadden niet al te ver-
trouwelijk met de bewoners te worden.

Dat kon ze zich ook wel voorstellen. Dan gingen
werk en privé helemaal door elkaar lopen en dat was
niet de bedoeling, had de directrice hen voorgehou-
den.

Frank had een verrassing voor haar. Hij had een
weekend besproken in een bungalowpark en dacht
dat ze een gat in de lucht zou springen.

Maar Martha keek bedenkelijk. Ze ging niet zo
graag 's zondags van huis.

'Het is van vrijdag tot en met maandag,' zei hij.
'Het is op het ogenblik niet zo druk, daarom was het
zo voor elkaar. En 's zondags kunnen we gewoon in
het dorp naar de kerk.'

'Moet je dan op maandag niet werken?'

'Nee, ik heb een dag vrijgenomen. We hebben het
echt nodig om er eens even uit te zijn na alles wat we
de laatste tijd meegemaakt hebben. En stel je voor
Martha, er is een bad in het huisje, dat zul je wel fijn
vinden.'

Door die laatste zin verdween Martha's reserve als
sneeuw voor de zon. Heerlijk in een lekker warm bad
liggen, daar zou ze alleen al voor gaan. Na Esthers
dood waren ze nergens meer samen heen geweest.
Het was toch wel leuk bedacht van Frank. Ze had
zonder twijfel de liefste man van de wereld. Ze was
zoveel van huis geweest en hij had er nooit over

gemopperd. Want hij had zich ook maar alleen moeten redden. Ze voelde zich daar soms schuldig over. Maar ze had het immers niet expres gedaan.

Niemand deed immers zoiets met voorbedachte rade: ziek of overspannen worden!

Het vervelende was vaak dat mensen die dat overkwam zich schuldig gingen voelen, terwijl dat helemaal niet hoefde.

Martha had het ook: ze had Frank alleen gelaten, ze had dingen niet kunnen verwerken, kortom ze waren er samen niet uitgekomen terwijl dat wel de bedoeling was geweest.

Ze troffen het geweldig. De weersomstandigheden waren buitengewoon goed toen ze gingen. Het huisje lag verscholen in de bossen en de zon scheen. Het maakte alles licht en luchtig. Omdat het drukke seizoen nog moest beginnen, waren niet alle huisjes bezet en dat was lekker rustig. Ze hadden wel wat levensmiddelen meegenomen, maar het was fijn dat er ook een winkel op het terrein stond om verse groente te halen plus een zakje houtblokken om 's avonds de open haard aan te steken.

'Heerlijk,' zei Martha genietend, 'een bad, een open haard en een overdekt zwembad met heel weinig bezoekers.'

'Vanavond kunnen we wel een paar baantjes trekken,' stelde Frank voor terwijl hij zijn spullen uit de koffer haalde en in de kast legde.

'Tot hoe laat is het open? Want we moeten ook de open haard nog aansteken.' Martha deed alvast haar badpak in een plastic tas.

'Tot acht uur.'

'Ja dan zit het er nog wel in.'

'Weet je wat we ook gaan doen?' zei Frank.

'Zeg het eens.'

'We gaan een pannenkoek eten, dan hoeven we niet meer te koken. Vind je dat leuk?'

'Nou en of.' Martha's hart was vol blijdschap. Het kon gewoon niet op. Ze merkte dat ze nu al opfleurde van het uitje en het was nog maar net begonnen. Frank deed er echt zijn best voor om haar over de laatste moeilijke maanden heen te helpen, dacht ze dankbaar.

'Ik heb een paar blikken soep meegenomen,' vertelde ze. 'Dan kunnen we altijd vanavond nog een kop warme soep nemen als we daar trek in hebben.'

Ze legden alle spullen op hun plaats en dronken uitgebreid koffie met iets lekkers erbij. Martha had ooit haar zwemdiploma gehaald omdat ze als kind vlakbij een brede en tamelijk diepe sloot woonde. Haar ouders vonden dat bittere noodzaak. Later waren ze verhuisd naar het kleine dorp waar ze nu woonden. Daar was geen sloot, maar ook geen zwembad, zodat ze het zwemmen eigenlijk verwaarloosd had. Ze was toch niet zo'n held in het water, eigenlijk zwom ze het liefst op plaatsen waar ze wist dat je kon staan. En van een duikplank afspringen was beslist ook haar liefste bezigheid niet.

Maar toen ze wat later samen met Frank in het water lag, voelde ze zich heerlijk ontspannen. Er waren een paar oudere mensen en er werd weinig gepraat.

Het water omsloot haar als een koele hand die haar zenuwen tot rust bracht. Ze besefte dat ze de laatste maanden heel veel had ingeleverd en dat haar conditie flink was achteruitgegaan. Maar daar was in ieder geval aan te werken, dat lag helemaal aan haar.

'Fijn hè?' zei ze, licht hijgend, tegen Frank. 'Ik moet wel even wennen, maar dat geeft niet. Dan smaakt de pannenkoek straks des te beter.'

'Dan zullen we maar geen wedstrijd doen, vind je niet?'

Ze lachte. 'Ga gerust je gang hoor.'

'Goed, dan ga ik me even moe maken.'

Hij zwom bij haar vandaan en begon fanatiek baantjes te zwemmen alsof hij al zijn krachten wilde uitproberen.

'Kijk hem nou toch eens,' zei ze bij zichzelf. 'Hij is zich gewoon aan het afbeulen.' Zelf spetterde ze wat heen en weer. Het ging tenslotte niet om de prestatie, maar om de ontspanning.

Later in de avond zat ze moe en loom voor de brandende haard. De houtblokken knetterden en ze wilde wel dat ze de uren vast kon houden. Het was zolang geleden dat ze zich prettig had gevoeld. Haar zorgen verdwenen op de achtergrond en het was nog maar de eerste avond. Er zouden er nog twee volgen. Frank zat dichtbij het haardvuur en streelde haar haren.

'Zul je me nooit in de steek laten?' vroeg hij opeens.

'Nee, natuurlijk niet,' zei Martha met een dromerige stem die helemaal bij de situatie paste. 'Hoe kom je dáár nu bij?'

'Nou, zomaar, een losse gedachte,' was het antwoord van Frank.

Martha dacht even na. 'Waarom vraag je dat?' zei ze, haar dromerige gevoel was op slag verdwenen. Wat was dit nu voor een rare vraag?

'Dat vroegen we in onze verkeringstijd ook dikwijls aan elkaar, weet je nog? Jij zei het net zoveel als ik.'

'Maar toen waren we nog niet getrouwd,' zei Martha verbaasd.

'Dus dat is het verschil?'

'Ja, een huwelijk is heel wat anders dan een verloving. We hebben toch bewust voor elkaar gekozen. In goede en kwade tijden.'

Frank zocht een dik houtblok uit en gooide dat op het vuur. De vlammetjes knetterden en kropen langzaam omhoog.

'Ja, dat is zo,' zei hij tenslotte. 'Dus je voelt de huwelijksband nooit knellen, Martha?'

Ze schudde haar hoofd. 'Absoluut niet, wees daar

verzekerd van. Alleen, we hebben meer meegemaakt dan andere jonge paren die het allemaal voor de wind gaat. Het verdriet om Esther en de moeilijkheden die ik met het verwerken had. Je bent een geweldige steun voor me geweest. Anders zou ik het niet gered hebben. Ik bedoel, het is zo fijn om liefde en begrip te krijgen, want je voelt je zo schuldig.'

'Je hoeft je absoluut niet schuldig te voelen Martha, dat heb ik je al zo vaak gezegd.'

'Dat weet ik, maar ik kan het ook niet wegtoveren. Het zal moeten slijten denk ik.'

Ze voelde zich helemaal ontspannen die avond. De andere omgeving, het houtvuur, een enkel glas goede wijn, het werkte allemaal mee.

De volgende morgen ging Frank al vroeg naar de winkel op het terrein en kwam terug met verse, nog warme broodjes, een pakje roomboter en in dikke plakken gesneden oude kaas.

'O, wat lekker, dat is even een verwennerij.'

Martha kwam verrast haar bed uit.

'Als jij nu koffie zet dan hebben we gelijk het ontbijt al klaar,' zei Frank, terwijl hij alles op de eettafel rangschikte. 'Ik heb ook nog wat kranten meegebracht, dus we zijn wel even zoet. En daarna kunnen we weer naar het zwembad als je er zin in hebt.'

'Natuurlijk heb ik daar zin in.' Martha deed water in het koffiezetaparaat en schepte de geurige koffie in het filterzakje. Ze neuriede zacht voor zich heen, want sinds lange tijd had ze zich niet zo prettig gevoeld. Het kon dus nog wel. De dikke korst rond haar hart was gebarsten en kon gevoelens toelaten. Net als vroeger. Want ze was altijd een spontane jonge vrouw geweest. Voor de tijd van Esther in ieder geval. Ze kon nu ook aan haar kindje denken zonder boos op iedereen te worden.

Niet dat ze alles zomaar achter zich had gelaten, maar ze kon er beter mee omgaan.

De volgende dag gingen ze naar het dorpskerkje dat er vrij nieuw en modern uitzag en goed bezet was. Martha herkende de sfeer als die van thuis en ze voelde zich er wonderlijk bij op haar gemak.

Het verhaal, dat haar oma had verteld over de verandering in haar leven had nog niets van zijn glans verloren. Martha moest er vaak aan denken en ook aan de zekerheid die oma ten opzichte van Esther had.

Dat had de afschuwelijke bittere pijn toch wel iets verzacht.

Het was fijn om dezelfde woorden in een heel andere omgeving te mogen horen en de oude vertrouwde psalmen te mogen zingen.'s Avonds waren ze er samen weer en het was goed om de zondag door te brengen zoals ze altijd gewend waren. Een dag van rust, vrede en bezinning.

De tijd vloog om en voor ze er erg in hadden werd het maandag. Martha had het gevoel dat ze veel langere tijd had doorgebracht in het vakantiepark dan de enkele dagen die het waren geweest.

Tevreden over alles reden ze samen naar huis en beloofden elkaar dit in de toekomst eens te herhalen.

11

Martha had gekookt en wachtte op Frank die later was dan anders. Het leven ging weer zijn gewone gang na de fijne vakantiedagen.

Ha, daar was hij, dan konden ze gelijk eten. Toen hij binnenkwam, zag ze aan zijn gezicht dat hij anders was dan anders.

'Is er iets?' vroeg ze, terwijl ze de aardappels omschudde.

'Ik moet je iets vertellen,' zei hij en ging aan de keukentafel zitten.

'Nou, voor de draad ermee,' zei ze met een glimlach. 'Zo erg kan het toch niet zijn.'

'Ja, zei hij, 'dat is het wel.'

Martha schrok. 'Heb je een aanrijding gehad, ben je ontslagen? Zeg op.'

Frank aarzelde en daarna zei hij opeens: 'Ik heb een ander meisje gekust.'

'Je hebt wat?' Martha zakte op een stoel neer.

'Een ander meisje gekust?'

Een ogenblik zat ze, als verstard op haar stoel. Haar ogen begonnen te suizen.

'Ben je nou helemaal gek geworden, wie is het?'

'Een collegaatje op de zaak!'

'Hoe heet ze?'

'Lieske.'

'En hoe oud is ze?'
'Zeventien.'

Martha slikte, ze was woedend.

'Vuile, gemene verrader,' riep ze. Snel sprong ze van haar stoel, pakte de pan met aardappelen en smeet die in zijn richting.

'Au, Martha, dat doet pijn,' riep Frank die de pan niet had kunnen ontwijken.

'O, doet dat pijn, nou dan voel je ook eens wat,' ze nam de schaal met boontjes die dezelfde weg ging. Maar toen ze het vlees en de jus er achteraan wilde gooien begon haar verstand terug te komen.

'Waarom heb je dat gedaan Frank?'

Hij veegde zo goed en kwaad het ging het eten uit zijn haar en van zijn kleding.

'Ik weet het niet.'

'Waarom weet je dat niet? Voor zoiets moet je toch bepaalde handelingen verrichten, als ik dat zo even mag zeggen. Het gaat niet zomaar vanzelf.'

'Het spijt me, Martha.'

'O, spijt het je? Wanneer is dat gebeurd, voor of na onze vakantiedagen?'

'Voor!'

'Nu nog mooier. Je doet zoiets en dan verzin je een paar gezellige dagen in een bungalowpark om mij alvast vergevingsgezinder te maken als je me dit gaat vertellen.'

'Nou, nee, zo was het niet bedoeld. Ik had het

eigenlijk misschien beter niet kunnen vertellen. Ik vermoedde niet dat het zo'n drama zou worden. Wat stelt het nou eigenlijk voor?'

'Wel nu nog mooier, wat stelt het eigenlijk voor? Je gaat een ander kussen en dat vind ik gemeen van je.'

Hij haalde zijn schouders op. 'Martha kalmeer alsjeblieft. Zo vreselijk erg is dit toch niet. Het is vervelend, dat ben ik met je eens en ik zal het ook nooit meer doen als het je zo van streek maakt.'

Martha hoorde hem aan. Ze was helemaal kalm geworden. Een koude hand had zich om haar hart gelegd. Het leek of ze in een diep gat was gevallen.

Ze draaide zich om en verliet de keuken, waar alles onder de troep zat en Frank nog steeds op zijn stoel zat.

Ze liep naar boven, maakte het logeerbed gereed en ging er in liggen. Woedend en koud. Tranen had ze niet en haar keel leek dichtgesnoerd.

Ze begreep zelf niet dat ze zo tekeer was gegaan. Het lag helemaal niet in haar aard om met alles te gaan gooien en zo hard te schreeuwen. Ze voelde zich diep gewond. Een kus kwam niet opeens uit de lucht vallen, daar waren dingen aan voorafgegaan. Geflirt, aardige woorden zeggen, aanrakingen en wat niet al. En dat had hij allemaal gepresteerd terwijl zij aan het proberen was om geestelijk in balans te komen na de dood van Esther.

Wat laf van hem om dat te doen terwijl ze juist zo

kwetsbaar was en om het tegen haar te zeggen na een moeilijke periode die ze achter de rug had en ze juist weer normaal kon denken en doen en wat opfleurde.

Ze lag op haar rug en keek naar het plafond alsof ze daar de oplossing kon lezen. Een grenzeloze moeheid overviel haar. Ze wist het even niet meer. Haar zelfrespect had een flinke knauw gekregen. Haar baby was gestorven en Frank zag haar ook niet meer zitten, anders was hij niet naar een ander gegaan. Nou, voor haar hoefde het niet meer, dan hoepelde hij maar op, ze zou zichzelf best kunnen redden.

Ze hoorde Frank naar boven komen en naar de douche gaan. Het geluid van spetterend water gaf aan dat hij zich grondig waste van al het eten dat in zijn haar en op zijn lijf was terechtgekomen. En dan gingen natuurlijk de vuile kleren in de wasmand en kon Martha ze wassen.

Nou, mooi niet dus. En de douche maakte ze ook niet schoon, dat kon hij best zelf.

Wat later kierde de deur open. Ze sloot snel haar ogen.

'Martha, slaap je?'

'Nee,' zei ze en keek hem aan.

'Nu hebben we geen eten gehad en ik heb best honger.'

'Dat is dan je eigen schuld.'

'Zal ik iets bij de chinees halen?'

'Nee, ik hoef niet te eten.'

'Dat is niet goed. Zal ik soms bij de snackbar wat halen?'

'Laat me met rust, ga maar weg.'

'Wil je dan helemaal geen eten hebben?'

'Nee ik heb geen honger, ik kijk wel wat ik ga doen.'

Ze hoorde hem naar beneden gaan en even later sloeg de voordeur dicht. Die is eten gaan halen, dacht ze, toen ze hem weg hoorde rijden. Nou mij best, laat hem maar een tijdje in zijn eigen sop gaarkoken.

Ze ging op de rand van het bed zitten. Het was niet verstandig om met een rammelende maag te gaan slapen. Ze kon beter een boterham voor zichzelf gaan klaarmaken, dan was ze beter tegen emoties bestand.

Beneden was alles opgeruimd. Ze was verbaasd, want dat had ze niet verwacht. Frank had de spullen afgewassen en de troep verwijderd.

Ze smeerde een stel boterhammen heel dik met chocoladepasta. Het deed er nu toch niet meer toe of ze moddervet zou worden. Ze nam ze mee naar boven, samen met een glas melk en begon ze gelijk maar op te eten. Zo, dat voelde toch wel een beetje beter, ze had gedacht geen honger te hebben maar dat was alleen maar een gedachte geweest. En dat ze op de logeerkamer was gaan liggen, kon ze maar beter even volhouden. Zo zou ze na kunnen denken en plannen maken, want ze wilde wel helderheid over hoe het nu precies zat tussen Frank en dat meisje. Zeventien jaar, nog piepjong. Zou het van Frank zijn uitgegaan of ook van dat kind? Daar moest ze eerst maar eens achter zien te komen.

Later in de avond hoorde ze Frank thuiskomen en naar de huiskamer gaan. Waarschijnlijk ging hij de krant lezen, want het bleef een hele tijd stil.

Daarna draaide hij de voor- en achterdeur op het nachtslot en liep naar boven, regelrecht de logeerkamer in.

'Martha, doe niet zo flauw, kom uit dat logeerbed en doe weer gewoon.'

Martha schudde haar hoofd.

'Nee, Frank.'

Hij liep naar haar toe en probeerde het dekbed los te trekken, maar Martha verzette zich.

'Ga jij maar naar bed om te slapen, ik blijf liever hier. Hou op met dat getrek en geduw, ik blijf vannacht hier slapen.'

'Kunnen we erover praten?'

'Nu?'

'Ja nu, we praten het uit en dan is alles weer als vroeger. Het is toch goed dat ik je alles heb verteld, dan kunnen we schoon schip maken.'

'Nu nog mooier,' Martha begon zich op te winden, 'dus omdat jij alles hebt opgebiecht moet ik maar net doen of er niets is gebeurd. Voor jou is het het einde van de zaak, voor mij begint het pas en dat is niet zo vlug over als bij jou.'

'Martha, het was niets. Gewoon een kusje, en ik heb het je eerlijk verteld.'

'Als het niets was had je er geen weken mee blijven lopen voor je het tegen me zei. Zo onschuldig was het niet, anders zat je er niet over in.'

'Ik durfde het eerst niet, maar nu wel.'

'Daarom juist. Je hebt gewacht tot na de therapie, nu ik weer thuis ben.'

'Nee, dat is het niet, ik ben gaan inzien dat ik het gewoon kon zeggen omdat het bijna niets voorstelt.'

'Frank, laten we erover ophouden. Ik had dit niet van je verwacht en ik voel me er helemaal niet lekker bij, op zijn zachtst gezegd. Want als ik eerlijk moet zijn kan ik je wel een schop geven. Ga alsjeblieft weg en laat me met rust.'

Tenslotte deed hij dat en Martha wachtte tot hij klaar was in de douche en naar hun slaapkamer was gegaan. Daarna waste ze zich snel en poetste haar tanden.

Ze hield de overgordijnen een eindje open zodat ze de donkere hemel kon zien, het schijfje van de maan, de pinkelende sterren. Ze had het gevoel dat ze in een hordenloop terecht was gekomen. Iedere keer als ze een moeilijkheid had overwonnen, doemde er weer een nieuwe op. Maar het was zinloos om zelfmedelijden te krijgen of een huilbui, want daar schoot ze niets mee op, daar trof ze alleen zichzelf mee. Trouwens, binnenin haar was er alleen maar ijs, ze had het geestelijk te koud om te huilen.

Waarom deden mannen zoiets? Was dat om hun ego te strelen? Om te laten zien dat ze nog goed in de markt lagen. Voelden ze zich verwaarloosd als hun vrouw er niet voor honderd procent voor hen was?

Natuurlijk, ze was een tijdje uit de running geweest omdat ze zo'n verdriet had. Maar daar hoefde ze zich toch niet schuldig over te voelen? Waar was zijn verdriet gebleven? Of was dat minder hevig geweest, of misschien anders. Mannen waren nu eenmaal op een andere manier met dingen bezig dan vrouwen. Mannen wilden dat het leven gewoon doorging, ondanks alles. Eten en drinken op tijd, hun vrouw bij zich in bed, niet te veel emoties, dan was het goed.

Of was alleen Frank maar zo?

Ze sliep slecht die nacht, omdat haar gedachten maar aan de gang bleven. Ze lag plannen te bedenken om weg te lopen. Om opnieuw in de verpleging te gaan werken en van Frank te scheiden.

Moest dat nu allemaal, om een kus?

Tegen de morgen viel ze pas in slaap. In de douche hoorde ze later Frank scharrelen en daarna in de keuken. Ze stelde zich voor dat de slaapkamerdeur zou opengaan en hij binnen zou komen met een ontbijtje. Een blad met een glaasje sinaasappelsap, een gekookt ei, een potje thee en een paar geroosterde boterhammen met jam. En dan zou hij zeggen: 'Ik heb er zoveel spijt van, ik had dat nooit moeten doen, wil je het me alsjeblieft vergeven?'

Maar ze hoorde de voordeur met een klap dichtslaan en de auto starten. Hij was weg zonder zijn gezicht te laten zien. Alsof hij haar wilde straffen omdat ze niet had gezegd: 'Kus maar zoveel je wilt lieve man.'

Nadat ze een tijdje nagedacht had hoe ze de zaak zou aanpakken, nam ze een douche en kleedde zich smaakvol aan. Dat kwam haar gevoel van eigenwaarde ten goede zodat ze zichzelf goedkeurend in de spiegel kon bekijken.

Na het ontbijt, toen ze de afwas had gedaan, want Frank had zijn spullen niet opgeruimd, besloot ze de zaak waar Frank werkte te bellen en naar Lieske te vragen. Ze stond in twijfel of ze haar eigen naam zou zeggen want het was niet de bedoeling dat Frank er achterkwam dat ze had gebeld. Dus toen de telefoon werd opgenomen vroeg ze direct naar Lieske de Wit.

'Met wie spreek ik?'

'Met Martha.'

'Ik zal u doorverbinden. Een ogenblik alstublieft.'

Martha moest wel een paar keer slikken, ze was zenuwachtig en wist niet meer of het eigenlijk wel een goed plan was. Ze kon nog terug, gewoon de telefoon neerleggen dan was ze eraf.

'Met Lieske de Wit.'

'Met mevrouw Van Haven.'

Het was even stil aan de telefoon.

'Ja??'

'Ik ben de vrouw van Frank en ik wil met je praten.'

'O, maar dat wil ik helemaal niet en ik heb er ook geen tijd voor.'

'Die zou ik maar maken want ik wil dat je van mijn man afblijft.'

Het was weer stil achter de telefoon. Ze hoorde het meisje diep ademhalen.

'Maar het is net andersom mevrouw.'

'Hoe bedoel je dat?' Martha schrok.

'Ik loop hem echt niet achterna, dat doet hij zelf. Hij kan niet van me afblijven.'

'Ik zou je graag even spreken, wanneer zou dat kunnen?' Martha wist niet meer hoe ze het had, en wie er nu de waarheid sprak.

'Moet dat echt?'

'Ja, óf bij jou thuis óf bij mij.'

'Bij mij thuis is een beetje moeilijk, ik woon nog bij mijn ouders. Ze zien me al aankomen met een... met een...'

'getrouwde man,' maakte Martha de zin af.

'Ja, dat is zo. Trouwens ik werk hier niet iedere dag, ik ben gestuurd door een uitzendbureau om tijdelijk even te helpen.'

'Hoe oud ben je dan?'

'Achttien, pas geworden. Ik ben vanmiddag om vier uur klaar hier.'

'Dan zal ik er zijn.'

'Maar niet hier voor de deur, dat wil ik niet.'

'Vlakbij is een Albert Heijn. Als je daar dan staat kom ik er ook heen.'

'Nou ja, dat moet dan maar.'

Martha kon de hele dag aan niets anders denken dan aan het gesprek dat ze nog voor de boeg had.

Was het niet vreemd wat ze ging doen? Ze zou er toch helemaal niets mee opschieten, misschien blies ze alles wel erg op en zat ze straks met de gebakken peren.

Ze zou dit van te voren niet met Frank kunnen bespreken, dat zou alleen maar meer ruzie en narigheid geven. Als het achter de rug was kon ze hem er mee confronteren.

Tegen vieren kleedde ze zich netjes aan en stapte op de fiets richting supermarkt. Ze zette haar fiets op slot en liep wat heen en weer op het trottoir waar een rij wagentjes op klanten wachtte.

Ze zag iemand op haar afkomen en wist dat het Lieske moest zijn. Het was een leuk slank meisje met glanzend lang blond haar en Martha begreep direct dat zo iemand in de smaak zou vallen bij het andere geslacht.

'Ik ben Lieske,' zei ze, 'en u bent de vrouw van Frank.'

'Ken je me dan?' Martha was verbaasd.

'Alleen van gezicht. Ik heb u wel eens samen met Frank gezien.'

'O nou, ik heet Martha. Zullen we ergens een kopje koffie gaan drinken?'

'Nee, liever niet, u wilde me spreken. Dat kan toch hier wel even.'

'Zoals je wilt. Ik hoorde van mijn man dat jullie aan het kussen zijn geweest en dat wil ik niet hebben.'

'Ach, het stelt niets voor. Ik geef niets om hem, maak u maar niet ongerust. Hij is het die steeds om me heen draait en me complimentjes geeft. Ik heb echt geen aanleiding gegeven.'

'Is dat waar?'

'Natuurlijk, anders zou ik het niet zeggen.'

Martha nam het meisje aandachtig op. Wat ze zei kwam heel oprecht over, maar aan de andere kant was het ook zo dat je niet zomaar ging kussen als je het niet wilde.

'Kan ik iets met je afspreken?' vroeg Martha op vriendelijke toon. Het kostte haar moeite, maar aan gesnauw en ruzie had je ook niets.

'Wat is dat dan?'

'Als hij weer zijn handen naar je uitsteekt geef je hem flink repliek. Als je zijn opdringerigheid niet op prijs stelt dan hoef je je die niet laten welgevallen.'

Lieske lachte. 'Wat zeg je dat mooi. Je houdt zeker van hem hè?'

'Ja.'

'Wees maar niet ongerust. Je mag hem hebben, met huid en haar. Trouwens, ik ben maar tijdelijk op die zaak. Binnenkort ga ik weg, want dan begint mijn studie.'

Martha haalde opgelucht adem en stak haar hand uit.

'Afgesproken?'

Lieske pakte haar hand. 'Goed dat is dan voor elkaar. Daag!'

Ze draaide zich om en liep weg alsof het haar helemaal niets kon schelen dat Martha er zo'n verdriet over had gehad.

Langzaam liep Martha naar haar fiets en zocht in haar tas naar het sleuteltje. Het leek dus een storm in een glas water, maar leuk vond ze het niet.

12

Na het gesprek met Lieske voelde Martha zich wel een beetje opgelucht met betrekking tot het meisje, maar haar woede tegen Frank was groter geworden. Het was geen verliefdheid van Lieske, dat had ze wel gemerkt, maar wat was het bij Frank?

Kon het zijn dat hij zich eenzaam had gevoeld toen ze bij oma was en therapeutische gesprekken had gehad? Maar verdraaid nog aan toe, het was niet haar eigen schuld dat ze in de war was geraakt. Ze hadden samen een kindje verloren, of werkte dat zo niet bij mannen. Had je als moeder meer pijn dan als vader? En hadden haar ouders hem niet prima opgevangen in die tijd? Iedere avond kon hij er warm gaan eten. Hij hoefde alleen maar voor een boterham te zorgen want 's zaterdags en 's zondags was ze thuis.

Hij was als getrouwde man natuurlijk wel tekort gekomen, maar als het huwelijk alleen maar op seks zou berusten was er fundamenteel iets mis. Die indruk had ze niet gehad, ze waren toch maatjes? Of niet?

Toch voelde ze zich door het gebeuren verslagen, vernederd en aan de kant gezet. Met haar ouders durfde ze er niet over te praten want ze wist dat haar moeder het zich vreselijk zou aantrekken. En haar vader mocht het al helemaal niet weten. Hij was een zachtmoedig man, maar er waren grenzen. Hij zou zich vreselijk opwinden en met spoed Frank op het matje roepen. Dan waren ze misschien nog verder van huis. Alhoewel ze wist dat ze thuis pal achter haar zouden staan wilde ze het hen voorlopig niet vertellen.

Ze was opgevoed met alle normen en waarden van een christelijk gezin. Tegenwoordig kon, bij mensen buiten de kerk, bijna alles. Ze deden maar: samenwonen, echtscheiding, alsof het heel gewoon was.

'Ik ga van hem scheiden,' was ook het eerste wat ze had gedacht na zijn bekentenis.

Maar bij nader inzien kwam ze daar op terug. Dat was geen optie. Je ging niet scheiden om een kus. Wel om overspel, dacht ze. Als er zoiets was gebeurd kon de breuk niet meer zo gemakkelijk gelijmd worden. Want dan had de overspelige partij zelf een eind aan het huwelijk gemaakt. Dat was de wettige grond die ook de Bijbel aangaf.

Hoe ze ook piekerde over alles, ze kwam er niet uit. Het kon nu eenmaal niet teruggedraaid worden. De verhouding tussen Frank en haar was danig bekoeld. Ze vond het heel geraffineerd van hem om een paar gezellige dagen op touw te zetten zodat ze mild gestemd was en hij met zijn bekentenis op de proppen kon komen. Voorlopig bleef ze in de logeerkamer slapen. Ze had er nog even over nagedacht of ze het kamertje van Esther zou gaan gebruiken, maar bij nader inzien zag ze daar vanaf.

Ze moest er geen verschrikkelijk groot drama van maken. Het kamertje zou maar blijven zoals het was. De logeerkamer was goed genoeg. Gelukkig dat ze die hadden. Anders had ze niet kunnen uitwijken. Maar ze zou eigenlijk zo graag over haar teleurstelling willen praten. Haar ouders wilde ze erbuiten laten en Frank had geen behoefte aan steeds het gezeur over zoiets onnozels zoals hij het noemde. Hij was nog bozer geworden over het feit dat ze met Lieske had gepraat. Martha had het zelf maar verteld voor het geval hij het van een ander te weten zou komen.

'Gepraat? Met Lieske? Hoe kom je daar in vredesnaam bij? Je maakt me zo volkomen belachelijk. Wat zei ze eigenlijk?'

'Dat blijft tussen haar en mij,' had ze gezegd. 'Maar ik heb wel de indruk gekregen dat niet zij met het geflirt is begonnen, maar jij.'

'En geloof je dat?'

'Ja, dat geloof ik, ze leek me heel oprecht en dat kan ik van jou niet zeggen.'

'Ik heb het toch eerlijk verteld?'

Martha zuchtte. Daar had je het weer. Als je iets vertelde was je er van af. Hoe de ander daarover dacht was zijn zaak. Dat je die opzadelde met verdriet en heftige gevoelens deed niet terzake.

'Als je iemand doodslaat én je krijgt er erge spijt van, helpt dat niets,' zei ze voor de zoveelste keer. 'Het slachtoffer wordt niet levend.'

'Wat je nu zegt, is wel heel extreem,' was zijn antwoord.

'Misschien wordt het zo wat duidelijker voor je.'

Maar hij bleef mokken en zeggen dat het niets voorstelde, zodat ze aan zichzelf begon te twijfelen. En toen wist ze het opeens niet meer. Oma, dacht ze. Oma zal me wel begrijpen. Die heeft ook een moeilijk leven gehad. En nadat God haar bekeerd had, bleven de moeilijkheden. Ze zal me zeggen als ik fout denk of als ik alles overdrijf. Ze is eerlijk, ik kan van haar op aan.

Ze belde van te voren op en zei dat ze wilde praten. Was het goed als ze zaterdag zou komen?

'Natuurlijk kindje, ik vind het heel fijn als je me weer eens een bezoekje brengt. Ik mis je hoor.'

Ze zei tegen Frank dat ze die zaterdag de auto nodig had. Hij had hem de hele week en zij wilde er nu een keer mee weg.

'Waar ga je naartoe?' vroeg hij.

Ze had willen zeggen: Daar heb jij niets mee te maken, maar ze bedacht zich. Het had geen enkele zin om steeds ruzie uit te lokken.

'Naar oma.'

Hij zweeg even om naar woorden te zoeken.

'Je gaat zeker alles vertellen?' zei hij tenslotte.

'Maar dat geeft toch niets? Jij zegt iedere keer dat het gewoon flauwekul is en totaal niets voorstelt. Zo wil ik er ook graag over gaan denken, daar zal ik veel gemak van hebben.'

'Maar daarom hoef je toch de vuile was niet buiten te hangen?'

Ze zuchtte. 'Het is geen vuile was? Toch?'

'Dat vind ik wel.' Het staat me niet aan dat je daarover gaat praten. Oma vertelt het natuurlijk weer verder.'

'Als ik het haar vraag, zegt ze niets. Dat weet ik zeker. Oma is heel betrouwbaar.'

'Ja, dat zal wel.'

Opeens werd Martha verschrikkelijk boos. Alle woede die ze tot nu toe onder de duim had kunnen houden, barstte los. Het had geen zin om er tegen te blijven vechten en om te proberen redelijk en kalm te blijven. Ze schoot er geen steek mee op.

'Weet je wat jij bent, Frank. Een onredelijk iemand. Een achterbakse gemenerik. Een vrouwenversierder. Een leugenaar en een bedrieger. En dan speel je nog de vermoorde onschuld, doe niet zo misselijk.'

Frank trok wit weg en deed dreigend een stap naar voren.

'Zeg dat nog eens, als je durft.'

Ze keken elkaar met vlammende ogen aan.

'Nou!'

Martha herhaalde alle lelijke dingen die ze tegen hem had gezegd. Ze kon niet meer ophouden. Alles wat haar had dwarsgezeten gooide ze eruit en ze verzon er ter plekke nog meer bij.

Frank hief zijn hand op alsof hij haar wilde slaan,

maar liet zijn arm weer zakken.

'Weet je wat jij moet doen?' zei hij. Martha hield verschrikt op en keek hem vragend aan.

'Ophoepelen als je het hier zo slecht hebt.'

'Ja, dat zou je wel willen hè? Dan kon je helemaal je gang gaan.'

Terwijl Frank woedend op haar toeliep ging de voordeurbel. Geschrokken hielden ze allebei hun mond.

Martha keek door het openstaande raam wie er op de stoep stond. Het was haar zus Annette.

'Het is mijn zus.'

'Laat haar maar staan,' riep Frank. 'Ze heeft niets met onze problemen te maken.'

Toen de bel voor de tweede keer ging deed Martha de deur open.

'Hoi Martha,' zei Annette. 'Alles goed, ik hoorde jullie buiten schreeuwen. Hebben jullie ruzie?'

'Dat zou best eens kunnen,' zei Martha snel. 'Frank en ik hebben wat problemen, maar kom binnen. Gezellig dat je even aanwipt. Alles goed?'

'Prima, ik kom je iets vragen.'

'Vooruit, steek maar van wal.'

'Mijn vriendin werkt op een kinderdagverblijf, dat weet je toch?'

Na Martha's bevestigend antwoord ging ze verder.

'Nou, daar gaat een collega trouwen en verhuizen naar de andere kant van het land. Nu zitten ze straks zonder het vereiste aantal leidsters. Zou jij er iets voor voelen daar tijdelijk in te vallen?'

'Maar Annette, ik ben geen leidster, of kleuterjuf net als jij.'

'Nee, maar je bent verpleegkundige.'

'Ja, dat is wel zo, maar het is wel iets heel anders.'

'Wanneer moet je het weten en voor hoeveel dagen is het, want ik ben ook nog koffieschenkster in het bejaardenhuis en ik kan niet alles tegelijk.'

'Het is voor drie dagen in de week en je verdient ermee hoor. Het salaris en de werktijd moet je nog afspreken; ik ben gevraagd om je hierover eens te polsen en het door te geven als je er iets voor voelt.'

Martha's gedachten werkten koortsachtig. Het was wel druk, maar thuis was het zo leuk niet de laatste tijd, en tenslotte was het maar voor tijdelijk.

'Wil je het misschien eerst met Frank bespreken? Dat kan hoor!'

'Met Frank bespreken? O, die zal er wel tegen zijn. Hij vindt dat gewerk allemaal niks, maar hij...'

Martha zweeg opeens. Ze had zich bijna verraden.

'Ik doe het,' vervolgde ze. 'Maar ik moet natuurlijk wel even weten hoe of wat. Hoe groot is de groep kinderen en wat wordt er precies van me verwacht.'

'Natuurlijk,' zei Annette. 'Fijn dat je ze uit de brand wil helpen. Ze grabbelde in haar tas en gaf Martha een kaartje met een telefoonnummer.

'Hier kun je naartoe bellen. Maar ik zal ze alvast wel op de hoogte stellen. Nu zou ik wel een mok koffie lusten.'

'Dat kan.' Martha stond op.

'Zwart met veel suiker,' riep haar zus.

'Komt in orde.'

Even later zaten ze samen aan een warme mok dampende koffie.

'Moet je Frank niet roepen?'

'Hij is even weggegaan. Hij krijgt straks wel koffie.'

'Martha, hadden jullie ruzie?'

'Dat heb je daarnet ook gevraagd en misschien was ik niet duidelijk genoeg, ja we hebben ruzie, daarom schreeuwden we zo hard.'

'Dat dacht ik al,' zei Annette. 'Waar gaat het over?'

Martha nam bedachtzaam een slokje van haar koffie. Ze had geen zin om alles aan Annette te vertellen. Ook al was het haar zus waar ze heel vertrouwd mee was. Maar stel je voor dat ze het wèl zou vertellen, ze wist zeker dat Annette haar mond thuis voorbij zou praten en dan kwamen haar ouders het ook te weten.

'Op dit moment wil ik het liever niet zeggen. Het ligt nog te gevoelig en ik wil je echt niet met problemen belasten.'

'Kan ik je helpen?'

'Nee, op het moment niet.'

'Je doet er zo plechtig over.' Annette stond op en liep op haar toe. Ze sloeg een arm om Martha's schouders.

'Je hebt verdriet,' constateerde ze.

De tranen sprongen Martha in de ogen om dat

hartelijke gebaar.

'Ja, dat is zo.' Ze snoot haar neus heel heftig. 'Maar ik kan het niet zeggen.'

'Weet je dat zeker, Martha?'

'Ja, dat weet ik zeker maar misschien kan ik het over een tijdje wel allemaal tegen je zeggen.'

'Ik ben er altijd voor je,' zei Annette hartelijk. 'Dat weet je toch.'

Martha knikte, opgelucht dat haar zus niet verder aandrong. Het was zo moeilijk om alles binnen te houden. Het lag helemaal op het uiterste puntje van haar tong om het eruit te flappen.

'Ik wil je nog wat vragen,' zei Annette.

'Kan ik een hoed van je lenen? Ik ben op een trouwerij uitgenodigd en daar heb ik een leuk pakje voor gekocht. Maar om er nog een hoed bij te kopen wordt me een beetje te duur. Ik heb geen blauwe hoed, maar jij wel. Dan doe ik er een ander lint om zodat hij niet meer zo herkenbaar is.'

'Natuurlijk kan dat,' zei Martha vriendelijk. 'Heb je hem nu al nodig?'

'Als het zou kunnen, ja.'

'Ik zal hem even voor je halen, want hij zit boven in mijn hoedendoos.'

'Ha fijn, dank je wel, ik loop wel even met je mee.'

Martha schrok. Annette had boven niets te maken. Dan zou ze gelijk zien dat er iemand in de logeerkamer sliep. Enfin misschien was de deur van die kamer wel dicht, dan leek er niets aan de hand.

Niet dus!

Eerst had Annette niets in de gaten. Ze paste de blauwe hoed en keek tevreden in de spiegel.

'Precies wat ik bedoel Martha. Nog even een leuke versiering erop maken en dan zie ik er piekfijn uit. Die moet ik trouwens nog gaan kopen maar dat is zo gebeurd.'

'Ik zal er een plastic zak omdoen, die heb ik beneden,' zei Martha, die richting trap liep.

Toen zag Annette het.

'Hé, heb je een logee?' Ze keek spiedend rond. 'Waar heb je die verstopt?'

'Nee hoor,' zei Martha zo kalm mogelijk.

'Ik heb niemand te logeren.'

'Slaap jij daar, Martha? Ik zie jouw nachtgoed rondslingeren.'

Annette keek haar verbaasd aan en Martha kon alleen maar knikken.

'Dan zit het toch wel goed fout tussen jullie, als je niet meer bij elkaar slaapt. Je gaat toch niet scheiden? Wat is er allemaal aan de hand? Kun je mij echt niet in vertrouwen nemen?'

'Dat zijn een heleboel vragen tegelijk.' Martha zuchtte hartgrondig.

'Nee, we hebben het niet over scheiden gehad. Maar er zijn wel een paar heel vervelende dingen op het moment.'

'Gaat het nog om je baby'tje, om Esther?' Annettes stem was vol medelijden. Ze zou haar zus zo ontzettend graag helpen maar ze wist niet hoe.

'Nee, dat is het niet!'

'Wat dan?'

'Het is iets tussen Frank en mij. Echt Annette, laat me maar even.'

'Kun je er met niemand over praten? Dat zou je eigenlijk moeten doen, anders wordt een mug een olifant.'

'Het is geen mug.'

'Is het dan wel een olifant?'

'Voor mij wel. Maar wat dat praten betreft, ik ga zaterdag naar oma.'

'Dat is een goed idee van je.' Annette keek opgelucht. 'Je kunt heel goed met haar praten. Denk je dat je er samen uitkomt?'

'Dat weet ik wel zeker, maar doe me één plezier en vertel het niet thuis. Het is niet dat het een groot geheim is, maar dan wil iedereen mee en dan komt er van een goed gesprek helemaal niets. Ik wil daar mijn hart luchten en goede raad vragen en daar moet ik alleen voor zijn.'

'Frank gaat ook niet mee, begrijp ik.'

'Nee.'

'Martha, ik begrijp het. Oma is een schat van een mens. Een gelovige vrouw, ik weet zeker dat je een fijn gesprek zult hebben. Doe haar mijn hartelijke groeten.'

'Dat zal ik doen. Kom, we gaan eerst een plastic tas pakken voor je hoedje.'

13

Oma kon goed luisteren. En dat is een eigenschap die niet zoveel mensen bezitten. Meestal, als je een paar minuten aan het vertellen was, werd je in de rede gevallen door de ander die dan een heel verhaal tevoorschijn toverde over wat hij of zij zelf had meegemaakt. Of een tante, nichtje, zus, oom, vader, moeder en ga zo maar door. En als je dan zelf eindelijk weer iets kon zeggen, werd je opnieuw de mond gesnoerd.

Zo niet bij oma. Ze had een pot kaneelthee gezet, de kopjes op de tafel en een schaaltje bonbons om af en toe van te snoepen.

'Vertel het maar kindje,' had ze vriendelijk gezegd. 'Je hoeft niets achter te houden, want mij gaat geen zee te hoog.'

Dat wist Martha en daarom ging het praten makkelijk. In de knusse besloten ruimte van oma's woonkamer kwamen de woorden als vanzelf.

De blijdschap toen ze de gesprekken over Esther af kon sluiten en zich in haar eigen huis weer op haar gemak voelde. De fijne dagen met Frank in het vakantiehuisje. Toen ze nog nergens van wist en heel erg argeloos had genoten van alles. Het gevoel dat ze zichzelf weer bij elkaar had geraapt en ze, samen met Frank, opnieuw was begonnen.

En daarna de verschrikkelijke teleurstelling na het verhaal over die kus.

Het bleef een tijdje stil nadat Martha haar hart had gelucht. Oma nipte voorzichtig van de warme kaneelthee en zette het kopje weer terug op de tafel.

'Wat zou je graag willen?' zei ze tenslotte.

'Ik weet het niet oma, ik weet het niet.'

Martha beet nerveus op haar nagels.

'Toen ik hoorde wat Frank had uitgespookt kon ik hem wel iets doen. Ik wilde scheiden, weggaan, er ging van alles door mijn hoofd, maar nu ik beter nadenk lijkt me dat ook geen oplossing. We hebben samen gespaard om alles leuk in te richten, we zijn getrouwd, we hebben Esther gekregen en weer verloren. Ik ben daar totaal van in de war geweest en net nu het beter met me gaat, flikt Frank me dat.'

'Dus je hebt helemaal niets gedaan?'

'Jawel, ik ben in de logeerkamer gaan slapen. Ik spuug ervan om met hem te vrijen. Allemaal lieve woordjes die hij toch niet meent.'

'Misschien heeft hij er wel heel veel spijt van.'

'Dat denk ik niet, want iedere keer als ik erover begin, krijgen we slaande ruzie. Het eindigt steeds in een schreeuwpartij.'

'Dus geen van jullie doet een stap naar de ander?'

'Nee, dat kan ik gewoon niet. Mijn gevoelens zijn weg. En hij zegt dat ik vreselijk overdrijf en dat het allemaal niks voorstelt met dat meisje.'

'En daar ben je het niet mee eens?'

'Nee, natuurlijk niet.'

'Gaan jullie nog samen naar de kerk?'

'Jawel, maar dit is nu precies wat er wordt bedoeld met het gezegde: Voor het oog van het kerkvolk. We doen net alsof! Niemand mag het merken. Thuis zijn we vijanden, maar buiten de deur lijkt het heel wat.'

'Maar het is allemaal nep.'

'Ja, dat is zo.'

'Hoe voelt dat dan, Martha?'

'Vreselijk, maar ik weet niet wat ik eraan moet doen. En ik kan het ook niet.'

'Wat niet?'

Martha schrok. Door de rechtstreekse vragen van de vrouw tegenover haar was ze regelrecht in de val gelopen.

'Ik kan het hem niet vergeven,' zei ze aarzelend. 'Daarvoor deed het te veel pijn.'

'Lieve meid, dat is nu het allermoeilijkste wat er bestaat. Vergeving schenken aan iemand die daar niet om vraagt. Die er niet om wil vragen zelfs.'

Martha voelde zich boos worden. Oma had makkelijk praten. Je moest je dus alles maar laten aanleunen. Iedereen over je heen laten lopen. Onrecht lijden, als het ware in een hoek geschopt worden en dan gelijk alles maar vergeven, kom nou.

'Hij eerst!' zei ze kort.

'Waarschijnlijk kun je daar lang op wachten Martha. Als jullie je allebei zo opstellen wordt de kloof alleen maar dieper en gaat de verharding gewoon door. Mannen zijn vaak meer overtuigd van hun eigen gelijk dan vrouwen.'

'Ja, daar weet ik nu wel alles van, denk ik,' antwoordde Martha. 'Vrouwen zijn veel gevoeliger en veel sneller gekwetst. Mannen hebben vaak eelt op hun ziel.'

'Nou overdrijf je wel een beetje. Het lijkt misschien wel zo, maar mannen verstoppen hun kwetsbaarheid vaak achter stoerheid. Kun je hem misschien eens vragen om met jou mee te komen hierheen, zodat we met z'n drieën een gesprek hebben?'

'Dat doet hij toch niet. Ik heb het hem al voorgesteld, maar hij wilde niet. Hij heeft er geen zin in op het matje geroepen te worden.'

Oma schoot in de lach. 'Ja, zoiets kan ik ook wel bedenken. Maar Martha, scheiden is geen optie hè? Het is erg vervelend en kwetsend voor je, maar misschien is het inderdaad wel in een opwelling gebeurd.'

'Dat meisje zei anders van niet.'

'Je weet niet of ze de waarheid spreekt. Ze zal zich ook groot willen houden.'

Martha knikte en dacht na.

'Wat vindt u dat ik doen moet, oma?'

'Gewoon je gang gaan in huis en daar je werk doen. Koken, wassen, enzovoort. Proberen vriendelijk te zijn en niet op iedere slak zout te leggen. Het kan soms opeens omdraaien. Dan vliegen mensen die ruzie staan te maken elkaar opeens in de armen.

Want dan beseffen ze dat ze elkaar niet kunnen missen.'

Ja, dat had Martha ook wel eens meegemaakt. Ze hadden eens een keer ruzie gemaakt en net toen ze dacht dat het helemaal uit de hand zou lopen begon Frank te lachen. Hij sloeg allebei zijn armen om haar heen en zei: 'Martha waar zijn we nu mee bezig? Ik hou zoveel van je en ik wil je nooit, maar dan ook nooit missen. Zul je dat niet vergeten?'

En toen was het opeens weer goed. Dus wat dat betreft had oma helemaal gelijk. Het was het beste haar raad maar op te volgen, hoewel ze het op dit moment niet durfde te hebben over haar toezegging om in het kinderdagverblijf te gaan werken. En ze had al helemaal geen moed om tegen oma te zeggen dat háár huwelijk vroeger niet veel had voorgesteld omdat opa zo'n moeilijke man was. Het gekke was dat oma dat zelf wel mocht zeggen maar een ander niet. Dat werd niet in dank afgenomen. En dat deed nu helemaal niet terzake. Frank was geen moeilijke man. Hij dééd nu alleen maar moeilijk.

'Ik heb een boekje van Calvijn en dat bestaat helemaal uit brieven die hij heeft geschreven aan vrouwen die, om wat voor reden dan ook, van hun man wilden gaan scheiden.'

Oma stond op en liep naar de boekenkast waar ze even zocht tot ze met een dun boekje terugkwam.

'Ik heb het vroeger eens gekocht omdat ik het ook niet meer zag zitten.'

Martha pakte het boekje aan en bekeek het aan alle kanten.

'Kracht en troost – Brieven van Calvijn aan vrouwen –' las ze hardop.

'Lees het maar eens, zo dik is het niet, misschien heb je er wat aan,' zei oma vriendelijk.

'Het gaat wel over lang geleden,' merkte Martha op terwijl ze er wat in bladerde.

'Het probleem is ook zo oud als de wereld. Er was altijd ruzie en onbegrip tussen mannen en vrouwen en de daaruit voortvloeiende ellende, meestal in het nadeel van de vrouw. Toen ik het kocht dacht ik ook, waar begin ik aan. Maar ik vond het toch wel leerzaam. Alleen al als je de vrouwen en de problemen met elkaar vergelijkt, dan ga je wat makkelijker over je eigen huwelijksperikelen denken. Er is geen moeilijkheid zo groot, of er is een oplossing voor. En al gingen de problemen vroeger vaak over het geloof, zoals van de man en de vrouw die ieder hun eigen godsdienst beleden, je kunt overal iets van leren.'

Martha stopte het boekje in haar tas en besloot om het 's avonds in bed te lezen, zodat Frank niet zou kunnen zien wat er allemaal in haar hoofd rondspookte.

Het was niet goed dat ze op die manier dacht, ze voelde direct dat ze hierbij ook in de fout ging, maar ze wist nog geen andere manier om er op dit moment mee om te gaan.

Toen ze terugreed voelde ze zich opgelucht. De

gesprekken met oma hadden haar goed gedaan. Voor ze weg ging hadden ze samen gebeden, Martha had geluisterd terwijl oma naar de woorden had gezocht.

'Natuurlijk weet God alles van ons, en wat we nodig hebben, maar Hij wil dat we het Hem vragen,' zei ze daarna.

Wat zou het makkelijk zijn als al je wensen door Hem zouden worden ingewilligd. En daarbij dacht ze niet aan geld en goed, maar vertrouwen, rust, vrede in je hart en blijdschap.

Ze was eigenlijk bang dat Frank uit zou vallen als ze thuiskwam, of ruzie zou gaan maken maar dat viel mee.

Hij zat de krant te lezen en keek op toen ze binnenkwam. Maar hij kwam niet uit zijn stoel om haar een knuffel te geven of een kus.

Martha stond aarzelend in de deuropening. Zou zij het dan maar doen? Maar toen ze zijn afwerende houding zag ging ze ook niet verder. Dan maar niet! Aan geforceerde oplossingen had je ook niets.

'Dag Frank!'

'Zo, weer terug? Heb je me lekker zwart gemaakt bij je grootmoeder? Misschien ook wel bij je vader en moeder.'

'Nee Frank, die weten van niets. Ik heb het thuis niet verteld. Wel bij oma, dat is zo, maar ik mag zeggen wat ik wil, zolang het geen leugens zijn.'

'Of je gelijk hebt,' hij verdiepte zich weer in zijn

krant en keurde haar geen blik meer waardig.

Het opgeluchte gevoel verdween als sneeuw voor de zon. Het leek wel of ze een ballon was, waar met een speld in was geprikt.

Ze stond nog even bij de tafel om haar jasje uit te trekken en haar schoudertas neer te leggen. Je zou er toch weer vandoor gaan met zo'n afgrijselijke sfeer om je heen.

'Frank, moet dat nu zo?'

Hij keek niet op en deed net of hij haar niet had gehoord.

'Frank!' riep ze dwingend.

'Ja, wat is er? Ik zit juist een interessant artikel te lezen. Wat zei je eigenlijk?'

'Moet dat nu zo tussen ons? Het gaat helemaal niet goed.'

'Dat weet ik ook wel, en je weet zelf dat het je eigen schuld is.'

'Nu nog mooier. Het is helemaal mijn eigen schuld niet.'

'Nu ga je je nog schoonpraten ook. Als jij niet zo overdreven had gereageerd was er niets aan de hand geweest. Maar jij weet precies het verschil tussen goed en kwaad. Stel je toch niet aan om over zoiets onnozels als er is gebeurd zo'n drama te maken. Je bent een verwende vrouw die niets kan hebben.'

Boos smeet hij de krant neer en liep de kamer uit.

Martha ging op de dichts bijzijnde stoel zitten. Haar benen trilden en haar hart bonsde van de schrik. Zie je wel, het was helemaal fout. Ze was nog maar een paar minuten thuis en de ruzie begon opnieuw. Frank kwam terug en stak zijn hoofd om een hoek van de deur.

Gelukkig, hij komt het weer goed maken, dacht ze. Zie je wel, hij meent het niet zo erg.

Maar dat gebeurde helemaal niet.

'Wat eten we?' vroeg hij.

'Eerlijk gezegd, heb ik al warm gegeten. Oma had op me gerekend.'

'En wat moet ik dan eten? Of moet ik daar ook nog voor zorgen?'

'Nee, nee, natuurlijk niet. Ik zal een blik soep warm maken met een tostie erbij. Welke soep wil je hebben?'

'Het kan me niet schelen,' zei Frank.

'Dat merk heb ik niet,' zei Martha ad rem en opeens moest ze lachen om het idee. Frank keek haar bevreemd aan toen Martha al harder en uitbundiger begon te lachen.

'Zo leuk is het anders niet en je hoeft me niet uit te lachen, daar ben ik niet van gediend.'

Maar ze kon niet meer ophouden en ging maar door, tot het lachen opeens veranderde in huilen en ze met haar hoofd op de armen aan de tafel lag te snikken. Maar Frank deed niets.

En toen was het nacht. Martha zat op de rand van haar bed en keek naar de oplichtende cijfers van het wekkertje. Drie uur, en ze had nog geen oog dicht-gedaan. Alle emoties van de dag kwamen voorbij en daarom kon ze niet in slaap komen. Ze liep naar het raam en keek door een kier van de gordijnen. Het was donker buiten, want de maan was afwezig. Ze ontdekte ook geen sterren, alleen het licht van de straatlantaarns verlichtte de omgeving.

Ze wilde zo graag slapen want ze wist dat ze de morgen na een slapeloze nacht een wrak was. Moe, slaperig en kortaangebonden. Alweer een reden om ruzie te krijgen en daar had ze eerlijk gezegd haar buik van vol.

Waarom liep ieder gesprek op ruzie uit? Ze kon-den totaal niets meer van elkaar verdragen en daar-om wist ze het ook niet meer. Er was zo'n muur ont-staan tussen elkaar en ze had geen moed om naar de slaapkamer van Frank te gaan.

Ze zou willen zeggen: 'Laten we alsjeblieft weer gewoon doen Frank, het is toch verschrikkelijk om als kat en hond te leven. Zo zijn we immers niet begonnen?'

Maar Frank zou natuurlijk willen dat ze over alles heen zou stappen en dat kon ze op dit moment nog niet.

Ze ging maar weer naar bed terug en trok het dek-bed over zich heen. Ze had het koud gekregen.

De rest van de nacht lag ze alles tegen elkaar af te wegen. Hoe zou ze het moeten doen als ze gingen scheiden? Eerst moest ze zien een huis te krijgen om op zichzelf te gaan wonen. De spullen moesten worden verdeeld en wat zou er dan gebeuren met alle dingen van Esther? Die zou Frank niet willen houden, maar wat moest zij ermee doen? Er was dan immers geen kans meer om een baby te krijgen? Of ze zou opnieuw moeten trouwen en dat was wel even heel erg vooruitgedacht. Ze moest er trouwens niet aan denken. Het waren zulke grote stappen die ze zou moeten ondernemen. Ze kon in ieder geval haar oude baan weer oppakken zodat ze voor zichzelf kon zorgen. Maar wat zouden haar ouders ervan zeggen en die van Frank? En haar zus en haar broertje. En trouwens, mócht je wel scheiden als er geen overspel in het geding was?

Ze waren in de kerk getrouwd. Hoe moest het toch allemaal?

En wat zou God ervan vinden?

De hele nacht lag ze te piekeren en problemen te maken. Ze sliep in toen het al licht was.

14

Ze besloten samen om een wapenstilstand in te lassen. Ze zouden alles rustig van alle kanten bekijken om zoveel mogelijk ruzie te vermijden. Martha hield eraan vast om in de logeerkamer te blijven slapen want ze was bang dat er anders van heel de afspraak niets meer terechtkwam. Als je samen in één bed lag moest je wel sterk in je schoenen staan om afstand te houden. Dan bleven de vervelende dingen liggen om steeds opnieuw de kop op te steken.

Natuurlijk zou het eigenlijk beter zijn om alles weer samen te doen, maar dan bleef het feit van 'de kus' een oude koe die hun verdere leven uit de sloot werd gehaald als dat zo te pas kwam. En daar kwam je dan nooit meer vanaf. Ze moesten puin ruimen en opnieuw beginnen, dat zag Martha ook wel in, maar ze had er geen zin in om de eerste stap te zetten.

En Frank ook niet.

Dat had hij duidelijk gemaakt. Hij wilde geen excuus aanbieden. En om zomaar te zeggen dat het hem speet terwijl hij er helemaal niets van meende, daar begon hij niet aan.

Daar had hij al zoveel voorbeelden van gezien, zei hij. Het was heel goedkoop om zomaar vlug vergeving te vragen aan de ander om van de ververvelende gevolgen af te zijn. Dat had immers geen waarde.

Dat was natuurlijk wel zo, maar op deze manier doorsukkelen was ook niet je van het.

Martha was blij dat ze op het kinderdagverblijf aan de slag kon. Het gaf haar beslist een gevoel van eigenwaarde dat ze zelf wat geld zou verdienen.

Frank vond het niet leuk want hij ging helemaal uit van het éénverdienersprincipe. De man is het hoofd van het gezin, hij brengt het geld binnen. De vrouw zorgt voor de kinderen, als die er zijn, en het huishouden.

Martha kon zich daar goed in vinden. Ze was niet zo iemand die koste wat het koste, haar eigen zin en ideeën wilde doordrammen. Ze was dan ook heel gelukkig geweest tijdens haar zwangerschap en vlak na de geboorte van Esther.

Maar nu lagen de zaken wel even anders. Esther was er niet meer en hun huwelijk was op een gigantisch dieptepunt geraakt. Of het ooit nog goed zou komen was maar de vraag.

De morgen dat ze er heen ging, trok ze fleurige kleding aan. Annette had haar verteld dat peuters en kleuters daar heel gevoelig voor zijn. Een juf die er leuk uitzag en lekker rook had gelijk al een streepje voor.

Al was ze er maar voor tijdelijk, tot ze een ander hadden gevonden, ze kleedde zich toch met zorg.

In het ziekenhuis was het altijd zo heel anders geweest. Met hun helder witte uniformjurken leken alle zusters voor de kinderen gelijk. Alleen als je even tijd had om zo'n kleintje op schoot te nemen waren ze aanhankelijk en kon je ze troosten. Maar het continubedrijf dat een kinderafdeling nu eenmaal was, liet vaak geen gelegenheid om met kinderen te knuffelen.

Hoe anders was het op een kinderdagverblijf. Dat ging ook wel de hele dag door, maar die kinderen waren niet ziek. En als ze al eens ziek werden, belde men de ouders dat hun kindje opgehaald moest worden. Hoewel dan de een of andere kinderziekte al welig rondging. Spugen, koorst, diarree was schering en inslag, had de hoofdleidster haar al verteld.

Ze werd die eerste morgen hartelijk welkom geheten en ze kon de werkroosters alvast inzien. Ze was er al vóór de moeders hun kroost kwamen afleveren, zodat ze dat ook gelijk kon meemaken.

De meeste kinderen maakten geen enkel probleem. Ze hingen hun jasje op en huppelden naar binnen.

Maar één klein jongetje klampte zich aan zijn moeder vast en steeds als ze weg wilde gaan, zette hij een keel op waar Martha van schrok. Nou, die kon er wat van. De moeder had een rode kleur van het haasten en kon het ventje niet stil krijgen.

Martha wist opeens weer wat ze in het ziekenhuis deden bij zulk gekrijs. Fluisteren.

Ze liep naar het kind toe en ging op haar hurken zitten zodat ze heel zachtjes iets in zijn oortje kon zeggen.

'Waarom moet je zo huilen?'

Het jongetje hield direct op en keek haar nieuwsgierig aan.

'Zeg jij?'

'Waarom huil je zo hard?'

De moeder was op haar tenen naar de deur gegaan en maakte dat ze weg kwam. Toen hij dat in de gaten kreeg begon hij opnieuw. Martha sloeg haar arm om hem heen en vroeg, al fluisterend in zijn oor, hoe hij heette.

'Ik heet Pim.' Hij wees nadrukkelijk op zichzelf en stak toen zijn vinger uit naar Martha. 'En jij?'

'Ik ben Martha.'

'Pim lief en Martha lief,' vond hij, nog nasnikkend.

'Ja hoor, je bent lief. Kom, we gaan je jasje ophangen, zeg maar welk kapstokje van jou is.'

Hij nam haar aan de hand mee en de vrede was gesloten. Zijn jas ging aan het haakje, hij wist precies hoe alles moest. Even later speelde hij gezellig met de andere kinderen in een soort van wigwam die in een hoek van de klas was opgesteld.

'Ze spelen er zo leuk in,' zei de leidster. 'Iedere keer zetten we er iets anders neer.'

Martha keek om zich heen. 'Het valt me allemaal reuze mee,' zei ze. 'Als je zo'n kinderdagverblijf niet van binnenuit kent, vind je het zielig dat kinderen daar voor een hele dag naartoe gebracht worden, maar ze vermaken zich geweldig.'

Ze was er van tevoren gaan kijken om een beetje

wegwijs gemaakt te worden. De kleine tafeltjes en stoeltjes, het vele speelgoed. De mini wc'tjes hadden al heel wat indruk op haar gemaakt. Ook was er een buitenspeelplaats waar de kleintjes, als het goed weer was, konden wippen en op de glijbaan naar beneden roetsen.

De deur ging open en er kwam een moeder met een maxi-cosy waarin een baby'tje lag.

'Ik ben te laat,' verontschuldigde ze zich. 'Maar alles liep vanmorgen een beetje tegen. Ik heb eigenlijk geen tijd meer om haar in haar wiegje te leggen.'

'Dat geeft niets hoor,' zei Martha vriendelijk. 'Dat zal ik wel doen, geef hem maar aan mij.'

'Haar, 't is een meisje,' zei de moeder.

'Bedankt voor het begrip.'

En toen stond Martha opeens met het kleine meisje in haar armen.

Ze rook het speciale geurtje dat baby's altijd om zich heen hadden hangen: zeep, poeder, olie, lotion.

Het was zo herkenbaar dat Martha de tranen in de ogen sprongen.

Ze had er geen flauw vermoeden van gehad, dat dit haar zo verschrikkelijk zou aangrijpen. Het was een grote schrok, zomaar opeens een baby in de armen te houden die niet van haar was. Het verdriet om het verlies van Esther schrijnde in haar hart.

De leidster zag haar verwarring en de tranen die over Martha's gezicht liepen en ze begreep het, omdat Martha haar alles had verteld.

'Dat doet pijn hè?'

Martha knikte en keek naar de baby, die met grote ogen naar haar lag te kijken. Esther had ook zulke lieve, grote ogen, dacht ze. O, waarom was het toch allemaal zo gegaan? Het verdriet was nog op geen enkele manier minder, dat voelde ze heel goed. Het zat verborgen in een hoekje van haar hart om zomaar opeens te voorschijn te springen als ze er niet op was bedacht.

Maar ze vermande zich. Ze moest flink zijn en zich niet zo laten gaan. Daar had niemand iets aan. Toch was ze blij dat de leidster er begrip voor had, want vaak zeiden mensen dat ze nog zo jong was en zeker meer kinderen zou krijgen. Maar die begrepen er helemaal niets van. Net of je Esther weg zou kunnen vlakken tegen de kinderen die ze nog zou kunnen krijgen.

'Waar is haar bedje?' vroeg ze. 'Dan zal ik haar erin leggen.'

'Daar in de hoek,' wees de leidster. 'Maar kijk nog even of ze misschien een schone luier nodig heeft. Ze zitten in haar eigen tasje.'

Martha liep naar de brede plank die aan de muur was bevestigd. De aankleedkussens in vrolijke kleuren markeerden de plaatsen waar de baby's verzorgd konden worden.

Nou, het was zeker nodig. De onwelriekende geur van de prut kwam haar al tegemoet.

'Eerst maar eens schoonmaken,' deelde ze de baby

mee, die stralend naar haar lachte. Wat waren er tegenwoordig toch veel mogelijkheden, wist Martha uit ervaring.

Billendoekjes, snoetenpoetsers, lekker ruikende olie, talk en lotion, het kwam haar allemaal even bekend voor.

Even later lag het kindje tevreden en schoon in haar bedje. Ze nam haar duimpje in de mond en langzaam vielen haar oogjes dicht.

Waren ze allemaal maar zo rustig, dacht ze, want het was een herrie van jewelste. Iedereen wilde met alles tegelijk spelen en daar werd soms flink om geknokt. Maar de leidster had er op een resolute en vriendelijke manier de wind onder, want een tijdje later zat al het kleine grut rustig aan een bekertje drinken en iets eetbaars.

Martha zag dat een kinderdagverblijf runnen een slijtageslag was. Je moest het echt graag willen doen, wilde je er met plezier werken. Maar ze wist van tevoren al dat het grote voldoening zou geven en dat ze met een blij gevoel naar huis zou gaan. Ook al was daar een wapenstilstand aan de gang. Thuis had ze het alleen maar koud en voelde ze zich alleen. Soms dacht ze, laat ik maar gewoon doen, misschien zie ik het allemaal verkeerd en is het mijn eigen schuld dat alles zo in het honderd is gelopen. Als ik niet zo'n drama had gemaakt waren de problemen allang verleden tijd. Ze had het met Annette besproken maar haar zus raadde het haar met klem af. 'Als je nu toegeeft, denkt Frank dat hij maar van alles kan uitspoken omdat je er toch wel overheen stapt. En als je niet met heel je hart tot een verzoening kunt komen, blijft er altijd iets hangen. Een oud chinees spreekwoord zegt dat van een grote vijandschap altijd een kleine vijandschap overblijft. Als het niet tot een spontane en totale verzoening komt gaat die kleine vijandschap weer aangroeien tot een grote en ben je straks net zo ver van huis als eerst.'

Ze vond het echt iets om over na te denken maar ze kwam al snel tot de conclusie dat Annette gelijk had. Ze kon zich er beter niet te druk om maken, anders had ze geen leven.

Het boekje dat oma haar had meegegeven liet zien dat er veel ergere gevallen waren geweest, waar de vrouwen toch bij hun man waren gebleven, al hadden ze een heel moeilijk leven gehad.

Het was zo verleidelijk om te gaan denken: Ik hoef dit allemaal niet te pikken. We kunnen beter uit elkaar gaan. Ik heb er geen zin in om me zo ongelukkig te voelen en over me heen te laten lopen. Laat hem maar weg gaan, dan krijg ik rust.

Maar ze wilde zo niet denken, ze wilde het niet opgeven. Duizenden vrouwen over de hele wereld zaten in dezelfde situatie. Ze bad ook iedere dag om een oplossing, maar er gebeurde niets. Ze moest haar eigen trots opzij leren zetten, dat wist ze ook wel. Maar ze kon het niet, ze kón het niet.

Naarmate de dag vorderde kreeg ze het meer naar haar zin. Ze waste snoetjes af en verschoonde luiers. Het baby'tje een flesje geven vond ze helemaal een topper. Rustig met het kindje op schoot dat haar best deed het flesje leeg te zuigen. Al had ze er heel verwarrende gevoelens bij, het deed haar toch goed.

De kinderen accepteerden haar direct als 'juffrouw Martha,' en kwamen met kleine probleempjes bij haar, die ze dan op moest lossen.

Maar die avond was ze doodmoe. Het gekwetter en gesnater van de kindjes ging door haar hoofd.

'Eigen schuld,' zei Frank. 'Als je dan zonodig wilt werken, moet je ook de consequenties maar dragen.'

Tevreden prikte hij in zijn gehaktbal.

'Dat is toch geen gezegde Frank,' zei Martha zo zachtmoedig mogelijk. 'Ik ben dat werk niet gewend en het is heel druk en intensief. Het grijpt me ook aan. Al die kindertjes, terwijl we Esther niet mochten houden.'

Hij kalmeerde een beetje en slikte de woorden in die hij al gereed had.

'Ja, dat is zo,' zei hij uiteindelijk.

'Als het me niet gevraagd was zou ik daar beslist niet terechtgekomen zijn. Mijn hart ligt toch veel meer bij het verpleegwerk, dat weet je zelf ook wel.'

'Ja.'

'Lieske de Wit heeft een andere baan,' zei hij zomaar zonder enige verdere inleiding.

Martha schoot overeind op haar stoel.

'Hoe komt dat zo opeens?'

'Het kwam niet opeens. Ze had het niet meer naar haar zin. Ze vroeg het uitzendbureau een ander adres. Martha durfde niets te vragen. Zou ze zich eraan geërgerd hebben dat Frank achter haar aanliep, zoals ze had verteld? Of zou het gekomen zijn vanwege het gesprek dat Martha met haar had gehad?

'Dat is zeker een opluchting voor je?'

'Waarom? Het stelt immers niets voor, dus waarom zou ik dan opgelucht zijn?'

'Nou, je tilde er nogal zwaar aan, maar ik zei het je al, het is niets.'

'En daarom gaat ze weg? Ze krijgt zeker een vervangster en dan kan het opnieuw gebeuren. Ik kan de vrouwen niet uit je buurt houden, trouwens het ligt niet aan hen, maar aan jou.'

'O, gaan we weer op die toer? Heb ik het weer gedaan? Ja, ik zal de schuld wel weer krijgen. Ik kan met jou nooit eens gewoon praten, het loopt altijd op ruzie uit. Dat kan je verwachten van zo'n christelijke vrouw, altijd maar zeuren en ziften. Hij stond op en schoof zijn bord met eten naar haar toe. Ik hoef je vreten niet meer.'

Met een klap sloeg hij de deur achter zich dicht.

Vroeger zou ze hem achterna zijn gerend om hem te smeken niet kwaad op haar te zijn, om terug te komen en samen verder af te eten. Maar ze deed het niet. Als versteend bleef ze achter de tafel zittend. Ze had zelfs niet eens de behoefte om te huilen. Het kon haar niets meer schelen. Alle dromen waren voorbij. Was ze maar nooit getrouwd, dan zou dat haar een heleboel leed hebben bespaard.

Het leek wel of er een boze geest in Frank was gevaren. Zo was hij nooit geweest.

Met wie moest ze daar nu over praten?

Zou ze naar de dominee gaan? Maar ze wilde Frank niet zwart maken. Annette zou misschien haar mond voorbij praten, Bart was nog te jong en haar ouders mochten het niet weten.

Dan schoot alleen oma nog over.

15

Op een dag kwam Martha thuis uit het kinderdag-verblijf. Toen ze de voordeur opende hoorde ze de telefoon overgaan. Ze liep er vlug naartoe, maar toen ze haar hand naar de hoorn uitstrekte hield het geluid op. Op de nummermelder zag ze dat haar ouders hadden gebeld. Ze hing haar jas op en besloot even terug te bellen om te horen wat er was.

Ze kreeg haar moeder aan de lijn die vertelde dat oma ziek was geworden. Nogal ernstig, en omdat ze wist dat Martha er die zaterdag heen zou gaan belde ze even.

'Wat heeft ze mam? Ze had toch geen klachten de laatste tijd?'

'Het is zomaar opeens gebeurd. Een buurvrouw lette altijd een beetje op haar en toen ze de hele dag de overgordijnen niet open zag gaan, is ze gaan kij-ken.'

'En?'

'Ze heeft een beroerte gehad en ligt nu in het zie-kenhuis.'

'Ze is toch niet gestorven?' zei Martha verschrikt.

'Nee. Vader is er direct naartoe gegaan en ik ga morgen met Annette en Bart. Ga je dan ook mee?'

'Ja, natuurlijk.'

'Mam als er iets is, bel je dan naar mijn mobiel?'

'Maar de telefoon staat toch bij Frank op het nachtkastje?'

Martha zweeg even, daar had je het al! Voor de ander leek alles zo simpel. De telefoon stond bij Frank op het nachtkastje. Natuurlijk was dat waar, maar ze sliep niet meer naast Frank. Al een hele tijd niet meer. Voor de buitenwacht was een en een, twee. Maar Martha was de tel kwijt. Als je je eenmaal in de nesten had gewerkt, kwam je er zomaar niet uit als je de boel geloofwaardig wilde houden.

'Ja, dat is wel zo,' antwoordde ze tenslotte, 'maar mijn mobieltje ligt op mijn nachtkastje (wat nog waar was ook, maar dan in de logeerkamer). En dat heb ik vlugger gepakt dan de telefoon bij Frank.'

'O, goed hoor,' zei haar moeder. 'Het maakt mij niet uit, als je dat liever hebt.'

'Ja, graag.'

Zo dat was weer opgelost, voorlopig althans want natuurlijk zou op den duur alles uitkomen. Daar twijfelde ze niet aan. Ze zou vragen of ze iets vroeger van haar werk weg kon gaan om het bezoekuur te kunnen halen.

Ze zou voor vandaag maar iets makkelijks koken, èn een extra hoeveelheid dan zou Frank dat morgen op kunnen warmen en hoefde ze geen schuldgevoelens te hebben dat hij het de volgende dag zonder eten zou moeten stellen.

Toen hij, wat later, thuiskwam vertelde ze hem van oma.

'O, dat is wel zielig voor haar. Maar ze is immers al zeventig geweest,' zei hij.

'Ja, dat is wel zo, maar ze is altijd zo flink en kwiek, we hebben dit helemaal niet zien aankomen.'

'Maar een ander opstoken kon ze goed.'

De tranen sprongen Martha in de ogen, zo hard kwam de opmerking van Frank aan.

'Ze is nooit aan het stoken geweest. Ze probeerde altijd de goede kant van iets te zien en te bemiddelen en... en...'

Martha stopte. Ze kon moeilijk zeggen dat oma juist graag wilde dat het tussen hen beiden weer goed zou komen. Dat er sprake moest zijn van vergeving en aanvaarding in liefde.

Als ze dat zou zeggen wist ze al van tevoren dat hij zou zeggen: 'Nou, waarom doe je het dan niet?'

'Trouwens, toen we geld tekort kwamen voor de auto, heeft ze ons duizend euro gegeven. En nog eens wat, oma is een gelovige vrouw, ze vreest de Heere.'

'Heb je dan helemaal geen fouten meer?'

'Dat is geen gezegde. Natuurlijk hebben gelovige mensen fouten, net zo goed als een ander. En ze maken fouten ook. Alleen hebben ze daar last van en spijt over en belijden ze hun schuld.'

Frank, die wel inzag dat hij te ver was gegaan met zijn kritiek, bond een beetje in.

'Nou ja, het is wel erg voor je. Je zult haar wel missen.'

'Ze is toch niet gestorven?'

'Maar een beroerte is niet niks. Is het links of rechtszijdig?'

'Links, dus haar spraakcentrum is niet gestoord. Hoewel bij een linkse verlamming het gevaar voor het hart groter is.'

'Wanneer gaan jullie er heen?'

'Morgen.'

'Weet je wat, dan zal ik jullie rijden,' zei hij opeens.

'Ik kan toch zelf ook rijden,' antwoordde Martha, die verbaasd was over het aanbod van Frank.

'Nou, het was goed bedoeld,' zei hij. 'Maar ik kan het natuurlijk nooit goed doen. Trouwens weten ze ervan?'

Martha begreep precies waar hij op doelde. Ze schudde haar hoofd. 'Vader, moeder en Bart weten niets.'

'En Annette?'

'Die weet er wel iets van. Toen ze een hoedje kwam lenen zag ze dat ik in de logeerkamer sliep en ze vroeg toen naar de reden.'

'En toen heb je haar volledig ingelicht?'

'Nee, niet volledig, maar ik heb er wel het een en ander over gezegd. Ik kan er toch niet om gaan liegen. Als het niet gebeurd was, waren er ook geen problemen, dat snap je ook wel. Frank, kan hier geen eind aan komen? Kunnen we samen niet in huwelijkstherapie gaan? Ik ben zo verschrikkelijk ongelukkig.'

Hij keek haar somber aan. 'Huwelijkstherapie? Ik denk er niet over.'

'Waarom niet?'

'Ik houd er niet van op het matje geroepen te worden. De man heeft het altijd gedaan en de vrouw is een onschuldig lammetje.'

'Nou, maar jij bent immers begonnen.'

'Zie je wel!'

'Het is toch een waarheid als een koe dat, als er helemaal niets was gebeurd, er ook tussen ons niets aan de hand zou zijn geweest.'

'Dat weet ik nog zo net niet.'

Martha keek hem verbaasd aan. 'Wat is dat nou weer?'

'Een nadenkertje, dag Martha!'

Ze keek hem na terwijl hij wegliep. Ze snapte er niets van.

De toestand van oma viel mee, zag Martha's ervaren verpleegstersoog. Weliswaar hing haar mond een beetje scheef, maar ze was goed bij kennis en kon gewoon met hen praten. Ze kon maar niet begrijpen wat er nu allemaal precies was gebeurd. Ze was naar bed gegaan en had nog even in haar bijbels dagboekje liggen lezen. Maar toen ze haar ogen opendeed lag ze in het ziekenhis. Een dag lang al. Ze wist niet hoe ze er was gekomen, onbegrijpelijk dat er van alles kon gebeuren zonder dat je er erg in had gehad.

Ze had alleen als kind voor haar blindedarm in het ziekenhuis gelegen. Verder nooit. Dus alles was haar vreemd. Een infuus in haar arm had ze nog nooit gehad.

'Gaat het allemaal goed, Martha?' vroeg ze.

'Jazeker oma, alles in prima in orde.'

Martha keek naar het gestaag druppelend infuus. Ze streek oma liefkozend over haar hand. 'Gaat het een beetje met u?'

'Ja, maar ik voel me nog niet de oude hoor. Ik voel me echt een beetje raar.'

Martha glimlachte. 'Dat hoort er allemaal bij, dat wordt vanzelf wel beter. Geduld oma.' Die knikte. 'Ja, geduld en gebed, vooral dat laatste.'

Ze hadden beneden in de hal van het ziekenhuis een klein vaasje gekocht met een paar roosjes en wat fijn groen. Dat paste op haar nachtkastje en ze kon er naar liggen kijken. Die grote bossen verdwenen toch maar ergens op een van de vensterbanken.

Vooral Bart moest er aan wennen oma zo in bed te zien liggen in haar nachtpon. Oma zag er altijd keurig verzorgd en gekleed uit en haar haren waren onberispelijk opgestoken. Nu vond hij haar opeens een oud vrouwtje geworden.

'Hebt u veel pijn oma?'

'Nee, lieve Bart, ik ben alleen wat wazig in mijn hoofd. Een beetje gesuis en ik kan niet zo vlug meer denken.'

'O, dan denk ik wel voor u,' zei hij vlug en hij begreep niet waarom ze daar nu allemaal opeens een beetje om moesten lachen.

Maar oma knikte hem vriendelijk toe. 'Dat is prima hoor Bart. Denk jij maar voor mij, dan kunnen mijn hersens intussen uitrusten.' Omdat ze tijdens het bezoek moesten wisselen, want er mochten maar twee bezoekers tegelijk bij een zieke, stonden ze vrij vlug weer op straat.

'Wat vind jij van oma?' vroeg Martha's moeder direct toen ze buiten stonden.

'Ik ben geen arts, maar verpleegkundige,' antwoordde Martha. 'En ik weet echt niet wat ik zeggen moet. Zo op het eerste gezicht ziet het er niet zo ernstig uit, maar daar kun je van tevoren helemaal niets van zeggen. Ze kan met een paar weken opgeknapt zijn, maar als ze er een tweede beroerte overheen krijgt kan ze zo opeens weg zijn.'

'Hoe bedoel je "weg" Martha?' vroeg Bart gespannen. 'Toch niet dat ze opeens sterft?'

Martha streek hem over zijn haar. 'Ja, dat bedoel ik. Maar je weet zoiets van tevoren niet. We moeten maar bidden of God oma nog een tijdje wil bewaren. En dat ze weer beter mag worden. Alle dingen zijn immers mogelijk.'

Ze reden in stilte naar huis. Ieder druk met zijn eigen gedachten, terwijl het beeld hun bijbleef van oma, die zo wit en met een infuus in haar arm in het ziekenhuis was achtergebleven. Hun oma, die nooit ziek was.

'Het voelt zo vreemd aan,' zei Annette. 'Je staat er gewoon niet bij stil dat zo'n ziekte opeens kan toeslaan.'

'Dat vind ik ook,' zei Bart. 'Zoiets gebeurt toch altijd bij andere mensen?'

'Nee,' zei moeder. 'Het kan iedereen overkomen. Niemand uitgezonderd. Maar je rekent er niet op en daarom schrik je zo. Als alles goed met haar gaat zal ze wel snel naar huis gestuurd worden. Maar hoe moet dat dan, ze woont helemaal alleen.'

'Kan ze niet een poosje bij ons wonen?' vroeg Bart.

Moeder aarzelde. 'We zouden er over kunnen praten. Maar een zieke vrouw verplegen is geen geringe opgave. We zouden dan een bed in de kamer moeten zetten en misschien is dat weer te druk. Martha, wanneer ben je klaar op het kinderdagverblijf? Ik bedoel, het was toch maar tijdelijk, tot de nieuwe kracht begint.'

'Nog twee weken moeder, waarom is dit opeens belangrijk?'

'Misschien zou het mogelijk zijn dat je dan een tijdje voor oma gaat zorgen. Als Frank het tenminste goedvindt. Hij mag iedere avond bij ons warm komen eten, net als de vorige keer.'

Martha was tot in het diepst van haar ziel geschokt. Zo'n lieve oude vrouw was nergens welkom. Maar gelukkig kon Martha aan de slag. Wat hard kwam dat over. Nee, dan nam ze oma liever zelf in huis. Ze wilde het net hardop voorstellen, toen ze verschrikt haar woorden inslikte. Haar logeerkamer was niet vrij. Daar sliep ze zelf in. Hoe moest dat nou? En meer ruimte in huis had ze niet of oma moest bij haar in de woonkamer op een bed liggen.

Zou je Frank horen!

'Kunt u er zelf niet een paar weken heen, moeder?' stelde ze voor. Maar ze zag aan haar moeders gezicht dat het niet in goede aarde viel.

'Hoe moet dat dan met het eten? Vader heeft zijn werk, Annette heeft haar werk en is 's avonds ook moe. Wie moet er dan alle boodschappen doen en zorgen dat er warm gegeten kan worden? Je vader kan nog geen ei koken, hij laat bij wijze van spreken het theewater nog aanbranden.'

'Het zou tijd worden dat mannen ook eens iets leerden doen in de keuken. Het is toch wel heel makkelijk om maar te zeggen dat je iets niet kunt. Als je iets wilt, kun je het leren,' zei Martha aangeslagen.

'Maak je maar geen zorgen hoor moeder, oma mag in mijn bed, stelde Bart spontaan voor.

'Ga je nog even mee een kopje koffie of thee drinken?' vroeg moeder toen ze thuis waren.

'Ja, dat is goed, dan kunnen we gelijk even verder praten over hoe we het zullen doen met oma.'

Toen Martha de gang in stapte voelde ze zich opeens duizelig. Ze wankelde en Bart ving haar op. Ze was zo moe, zo verschrikkelijk moe van alles. Steeds opnieuw maar spanning, moeilijkheden, onbegrip en liefdeloosheid. Met Frank ging het niet, niemand wilde oma hebben. Overal moeilijkheden en leeuwen en beren op de weg. Het hele leven leek wel een toneelstuk waar marionetten aan touwtjes werden bewogen. Iedereen wilde voor zichzelf het beste en het meeste binnenhalen.

'Ga maar gauw even zitten,' zei moeder bezorgd. 'Je bent vast en zeker weer zwanger.'

Zwanger, het idee alleen al. Ze zou het wel willen, daar niet van, maar dan moest het tussen haar en Frank weer als vroeger zijn. Ze ging misschien wel scheiden, dat was heel andere koek dan zwanger. En het ergste was dat niemand het mocht weten. Ze moest de schijn ophouden.'

Annette had een glaasje water gehaald.

'Hier, drink maar eens. Ik merk dat je helemaal van streek bent. Ben je inderdaad in verwachting, Martha?'

Martha's tanden klapperden tegen het glas.

'Annette, je weet immers hoe de zaken er voor staan. Je weet toch dat ik niet zwanger kan zijn.'

Martha's vader was binnengekomen en had net de laatste zin opgevangen. Hij ging tegenover haar aan de tafel zitten. Zwijgend en observerend.

Opeens stak hij zijn hand naar haar uit.

'Martha, meisje van me, wat is er allemaal aan de hand?'

En dat was nou net teveel van het goede. Een vriendelijke belangstellende stem, die vol medelijden de vraag stelde die ze niet kon beantwoorden.

'Niks, helemaal niks vader,' probeerde ze zich goed te houden.

Maar hij legde zijn hand open op de tafel. 'Leg je hand hier eens in, dochter van me.' Schuw deed ze wat hij vroeg.

'Kijk me eens aan!'

Martha bekeek het gezicht tegenover haar. De lieve blauwe ogen. De trekken van bezorgde belangstelling.

'Nou, wat zit je allemaal dwars?'

Toen braken bij Martha de dijken door. Ze legde met een bonk haar hoofd op de tafel en begon verschrikkelijk te huilen.

En ze huilde alsmaar harder en wanhopiger, ze kon zich niet meer in bedwang houden. Alle wanhoop, verdriet en pijn kwamen er als een lawine uit.

Iedereen keek geschrokken naar haar. Annette ging nog snel een glaasje water halen en moeder gaf haar een washandje dat ze onder de kraan had natgemaakt. Het was natuurlijk wel lief bedoeld maar het kon haar verdriet en pijn niet wegvegen.

'Laat haar maar even,' suste vader de overige gezinsleden. 'Laat haar maar eens helemaal uithuilen. Is het allemaal zo erg meiske'.

Martha knikte voorzichtig. Ze moest alles nu maar

vertellen, het kon niet anders, vader zou haar helpen.

Na een tijdje bedaarde het snikken. Ze dronk het glaasje water leeg en friste haar gezicht op met het natte washandje.

Er werd geen woord gezegd, iedereen was met stomheid geslagen en niemand durfde een vraag te stellen.

'Kun je het ons vertellen?' vroeg vader vriendelijk. Martha knikte, maar bedacht tegelijkertijd dat Bart en Annette alles zouden horen. Zouden die hun mond kunnen houden?

Vader zag haar blik langs de gezichten glijden en hij begreep het.

'Misschien is het makkelijker voor je om het tegen één persoon te zeggen en niet tegen allemaal tegelijk.'

'Weet je wat je doet, gaan jullie maar even naar boven dan kunnen jullie rustig praten en worden jullie niet gestoord door de anderen,' kwam moeder met de oplossing. 'Zou je dat willen Martha, we willen je nergens toe dwingen, hoor.'

Martha stond op. 'Ja, dat is goed moeder, ik heb zo veel stenen in mijn maag, ik wil ze wel kwijt.'

Samen met vader ging Martha de trap op naar de ouderslaapkamer, waar een klein maar gezellig zitje was gemaakt. Toen Martha het grote ouderlijke bed zag en bedacht dat zij maar alleen in de kleine logeerkamer sliep, begonnen haar tranen weer te stromen.

'Ga daar maar zitten,' vader wees op het ene stoeltje en nam plaats in het andere. Toen ze samen tegenover elkaar zaten en vader zag dat bij Martha de tranen over haar wangen liepen, knikte hij haar vriendelijk toe.

'Misschien kun je nu je "stenen" op tafel leggen', zei hij. Martha schaamde zich voor haar tranen die, naar nu bleek, opgewekt werden door vriendelijke woorden, maar ze veegde ze af en maakte dapper een begin met haar verhaal. Ze gooide alles door elkaar heen, zodat het heel onsamenhangend en verward leek. Haar vader kon er geen touw aan vastknopen.

'Begin maar bij het begin,' zei hij zachtmoedig. 'Ik denk dat het fout gegaan is na het sterven van Esther. Ach kindje, je hebt zoveel verdriet gehad en volgens mij zit er nog veel meer. Zou je het aan je vader willen vertellen?'

Toen lukte het en eenmaal begonnen met haar verhaal, vertelde ze alles, maar dan ook alles.

De schrik, het verdriet en de machteloosheid bij Esthers overlijden. Frank die zo ontzettend moeilijk was geworden. De ruzie die ze samen iedere keer weer hadden. De paar mooie vakantiedagen waar ze zo van had genoten, maar waar een diepe bittere bodem in gezeten had toen Frank opbiechtte dat hij Lieske had gekust. Het gesprek dat ze met Lieske had gehad en dat ze zich toen een waardeloze nul had gevoeld. Dat Frank en zij niet meer samen slie-

– 179 –

pen en dat ze zich zo eenzaam voelde in het eenpersoonsbed in de logeerkamer. Dat ze Frank niet meer vertrouwde en dat ze soms zo'n afkeer van hem had dat ze hem wel kon slaan. Dat ze steeds maar liep te piekeren of ze niet beter zou kunnen scheiden maar dat ze dan enorm in de knoop kwam met haar geweten. Scheiden was geoorloofd bij overspel, maar iemand kussen was geen overspel.

Of wel?

Ze was in het kinderdagverblijf gaan werken om wat geld te hebben want ze durfde voor zichzelf bijna niets te kopen, bang dat Frank er iets van zou zeggen. Maar ze begon zich zo eenzaam te voelen, want ze wilde niemand met haar problemen lastigvallen. Alleen tegen oma kon ze er over praten. Oma begreep haar, die had ook een moeilijk leven gehad. Die had haar raad gegeven en bemoedigd. En nu was oma ziek. Natuurlijk was het het ergste voor oma, maar zij, Martha, had nu niemand meer.

En dan had ze zich verschrikkelijk geërgerd over de gesprekken in de auto. Wie moest er voor oma zorgen? Misschien kon ze niet terug naar haar huisje en wat dan?

Moeder vond dat zij er maar heen moest gaan, maar dan kwam het nooit meer goed met Frank want dan kon hij zeggen dat ze hem in de steek had gelaten.

Ze keek eindelijk haar vader aan, die, wit weggetrokken, doodstil had zitten luisteren.

'Maar Martha toch,' was het enige wat hij kon uitbrengen. Hij snoot uitgebreid zijn neus om zijn ontroering te verbergen.

'Wij waren er óók voor je. Had het allemaal maar eerder verteld.'

'Wat had u dan gedaan?'

'Ik was naar Frank gegaan en...'

Hij hield op, begreep onmiddellijk waar het probleem zat.

'Zie je wel, dat kon niet vader. Ik wilde het niet weten, ik was zo bang voor ruzie. Ik wilde me groothouden.'

'Je hoeft je niet altijd groot te houden, dochter van me, hulp zoeken is immers geen schande. Ik vind het zo erg dat we niets vermoed hebben. Moeder ook niet, anders had ze er wel over gepraat. Maar zo kan het niet verder, vind je niet?'

'Ik ben zo verschrikkelijk moe, ik weet niet meer wat ik het beste kan doen vader.' Martha zuchtte diep.

'Hou je nog van Frank?' vroeg vader.

'Ik weet het niet. Van de Frank van vroeger wel, maar van die hij nu is, niet.'

Vader dacht een tijdje na.

'Wat waren je plannen voor deze avond?'

'Nou, eerst naar het ziekenhuis om oma te bezoeken en dan weer naar huis.'

'Naar Frank bedoel je?'

'Ja.'

'Jij blijft vannacht hier slapen,' zei vader beslist. 'Annette heeft wel een nachtpon voor je en verder hebben we alles wat je nodig zult hebben.'

Martha voelde zich geweldig opgelucht dat ze alles aan haar vader had verteld. Inderdaad, de stenen waren weg uit haar maag. Ze was niet bang meer voor de reactie van Frank, want ze had een vader die voor haar zou opkomen.'

'Martha, het beste adres waar we onze noden en zorgen kwijt kunnen is bij onze Hemelse Vader, zei haar vader ernstig. Zullen we dat samen doen?'

'Ja, alstublieft,' Martha vouwde haar handen en sloot haar ogen. Stil luisterde ze naar het gebed waarin vader alles vertelde aan God en waarin hij vroeg om een oplossing, ook al scheen die er niet te zijn. Maar of ze gewillig zouden kunnen dragen wat op hun schouders werd gelegd. Of Hij mee wilde dragen. En of oma weer beter mocht worden, want ze konden haar nog niet missen.'

Toen hij klaar was bleef het even stil.

'Dank u wel,' zei Martha diep geroerd. Vader had alles wat haar dwars zat in zijn gebed uitgesproken.

Ze mocht weten dat God in de hemel naar haar had geluisterd en ze mocht ook weten dat ze de uitkomst van dit alles aan Hem mocht overlaten.

16

Ondanks alle vermoeidheid en emoties sliep Martha die nacht als een roos. Toen ze in bed lag met het dekbed lekker door haar moeder aan alle kanten ingestopt, voelde ze zich kilo's lichter. Ze hoefde alles niet meer alleen te dragen. Er waren mensen om haar heen die haar begrepen en liefhadden. Waarom had ze zich niet eerder uitgesproken?

Wat Martha niet wist was, dat haar vader die avond in het kort alles tegen haar moeder had verteld. Daarna had hij zijn jas aangetrokken en was naar Frank gegaan. Ze hadden daar een lang en indringend gesprek gehad, want vader wilde voor zijn dochter schoon schip maken en had Frank behoorlijk aan de tand gevoeld. Dat was niet meegevallen voor hem, hij had absoluut niet verwacht dat Martha's vader zich met hun huwelijk zou gaan bemoeien, hoewel hij zich er terdege van bewust was dat ze op dood spoor zaten.

'Martha heeft me dit niet gevraagd,' zei vader en ze weet helemaal niet dat ik naar je toe ben gekomen. Misschien zou ze het niet gewild hebben en daarom blijft dat tussen ons. Dat spreken we in ieder geval af.'

Frank had instemmend geknikt en begrepen dat Martha een tijdje, niet te lang hoopte hij, bij haar ouders zou blijven.

Dus toen Martha door haar moeder werd gewekt met een kopje thee en een beschuitje, wist ze van niets, en haar moeder vertelde er ook niets over.

'Wat een verrassing,' zei Martha. 'Maar eigenlijk moet ik zo naar mijn werk.'

'Ik heb je ziek gemeld,' antwoordde moeder.

'We vinden het niet verantwoord dat je gaat werken. Niks koffie schenken voor ouderen en niks kinderdagverblijf. Kind, hoe bestaat het dat je dat allemaal hebt kunnen verwerken. Zo helemaal alleen.'

En bij die laatste zin kwamen bij Martha de tranen weer tevoorschijn, ze kon het niet helpen.

'Eet eerst je beschuitje maar eens op en je komt pas uit bed als je er zin in hebt. Neem straks maar een lekker warm bad en daarna kijken we wel verder.'

'Ik heb geen schone kleren en ondergoed,' zei Martha, dus dat wordt wel een beetje moeilijk, denk ik.'

'Dan kan ik je geruststellen. Beneden staat een tas met kleding, ondergoed, panty's en toiletspullen.'

'Hoe komen die hier?' Martha was verwonderd.

'Die zijn toch niet vanzelf hier binnen gekomen?'

'Nee, Martha, die is vader gisteravond gaan halen. Frank heeft alles bij elkaar gezocht.'

'Wat vertelt u me nu? Is vader bij Frank geweest en heeft hij hieraan meegewerkt?'

'Jazeker!' Moeder liep naar het raam en trok de overgordijnen open. 'Je blijft een paar dagen hier, hebben we besloten.'

'En Frank dan?'

'Daar zou ik me even geen zorgen om maken, die redt het wel.'

'Moeder...?' Martha aarzelde om de vraag verder te stellen.

'Vraag het maar.'

'Weet u alles?'

'Ja, ik weet alles. Vader en ik hebben geen geheimen voor elkaar. En dat kan toch niet in deze zaak?'

Moeder ging op de rand van het bed zitten.

'Arme jij. Je hebt heel wat voor je kiezen gekregen en daar hebben we helemaal niets van geweten. Niets vermoed zelfs. Was het zo moeilijk om te praten?'

Martha knikte. 'Ik wilde zo graag mijn problemen zelf oplossen moeder. Niemand lastig vallen.'

'Maar je ouders toch wel?'

'Ik schaamde me zo. Maar ik kon op den duur geen enkele kant meer uit. En toen jullie zeiden dat ik misschien wel zwanger kon zijn, dacht ik: Je moest eens weten.'

'Dat kan ik me voorstellen.'

'Met oma heb ik wel kunnen praten, maar ik heb haar laten beloven dat ze het niet aan jullie zou doorvertellen.'

'Dat heeft ze ook niet gedaan en dat zal best moeilijk voor haar zijn geweest, want ze houdt zoveel van jou. Ze ziet zoveel van zichzelf in jou.'

'Dat zei ze tegen mij ook al.' Martha knabbelde

van haar beschuit, rijk opeens met de aandacht en de verwennerij en een hele vrije dag voor zich.

'Rust nog maar lekker uit,' zei moeder terwijl ze de kamer verliet.

· Martha trok het dekbed op tot haar kin en sloot haar ogen. Ze was zo gerustgesteld en gekalmeerd door de lieve dingen die er de laatste vierentwintig uur tegen haar gezegd waren. Ieder mens had dat nodig, iemand die iets liefs zei, die je aanraakte, die je begreep. Ze wist nog heel goed dat oma een keer gezegd had: Als je een hond hebt die je heel goed verzorgt, genoeg te eten en drinken geeft maar die nooit een vriendelijk woord van je krijgt, dan ben je een slechte baas. Ze had dat wel een extreme uitspraak gevonden, maar oma had daar helemaal gelijk mee. Het was een waarheid als een koe.

Oma kon dingen zo speciaal zeggen: Martha, mensen kunnen ruzie maken, elkaar kwaad doen, maar als er liefde is kom je daar op terug. Dan heb je spijt en dan is de liefde als zout op ijs. Liefde lost alles op. Zoals in de Bijbel staat dat God barmhartig is en goedertieren en gaarne vergevende. Echt berouw is hetzelfde, zout op ijs. Een christen moet een zoutend zout en een lichtend licht zijn. Zonder 'zout' (liefde) is alles smakeloos.

En oma leefde er naar. Martha hunkerde er vaak naar ook zo'n Godsvertrouwen te mogen hebben.

Ze hoopte dat oma weer helemaal beter zou worden. Ze kon haar niet missen.

Een uurtje later, toen ze samen met moeder aan de koffie zat, vertelde die dat vader was gebeld door de maatschappelijk werkster van het ziekenhuis. Als oma weer op zou knappen, en daar zag het op het moment wel naar uit, zou het toch bezwaarlijk zijn dat ze terug naar haar huisje zou gaan. Misschien kon ze beter naar een bejaardenhuis of desnoods een aanleunwoninkje als dat beschikbaar zou komen.

'Weet u dat ik het had willen aanbieden,' zei Martha. 'Ik stelde me voor dat ze wel op onze logeerkamer zou kunnen komen. Maar toen bedacht ik dat ik daar zelf sliep en het niet kon waarmaken. Ik vond het zo erg dat we het allemaal over oma hadden, alsof het een probleem was dat we in een handomdraai moesten oplossen.'

'Dat kwam ook wel een beetje van de schrik,' zei moeder wat ongemakkelijk toen ze terug dacht aan het gesprek in de auto.

'Oma mankeerde nooit iets. Ze ging rustig haar gang en klaagde nooit. Dan schrik je ervan als ze zo opeens een beroerte krijgt. Maar het was wel liefdeloos, dat ben ik met je eens.'

'Wat zegt oma er zélf van? Het gaat toch over haar. Wij hoeven niet alles voor haar te beslissen?'

'Daar wil die mevrouw van het maatschappelijk werk juist over praten. Meestal is er in een bejaardenhuis een logeergelegenheid voor aanstaande bewoners om te kijken of ze daar kunnen wennen.'

'Het ergste zal zijn dat ze haar zelfstandigheid zal moeten opgeven,' zei Martha. 'Het lijkt me beslist niet meevallen als alles voor je geregeld wordt en je zo'n beetje aan de zijlijn komt te staan. Ik heb dat tijdens het koffieschenken in het bejaardenhuis vaak gemerkt. Het kringetje van de mensen wordt zo verschrikkelijk klein en hun leven vaak zo eentonig, het lijkt me beslist geen leuk voorland.'

'En je eigen voorland?' vroeg moeder opeens. De vraag raakte haar als een voltreffer en de tranen sprongen in haar ogen. Daar had je het resultaat al. Nu ze alles had verteld, werd ze er gelijk mee geconfronteerd.

'Ik weet het niet moeder,' zei ze zacht.

'Er moet toch een oplossing zijn, Martha? Op deze manier kun je niet verder leven en scheiden is geen optie, dat weet je ook wel.'

'Dat laatste begrijp ik best moeder, maar wat bedoelt u met, zo kun je niet verder leven, ik ben nog zo jong, ik móét gewoon verder.'

'Maar op deze manier ga je er aan onderdoor. Dat houdt niemand vol. Samen met je man als twee vreemden in één huis. Een sfeer van vijandschap en achterdocht.'

'Dat weet ik ook wel, maar weet u dan hoe ik het moet oplossen? Ik heb er al zoveel om gebeden, maar er verandert helemaal niets.'

Moeder zweeg. Ze had daar ook niet direct een antwoord op. Want zoveel mensen baden om verandering van hun omstandigheden of beterschap van hun ziekte, maar er veranderde niets en er kwam geen beterschap maar een sterfbed.

'Ik weet het ook niet, Martha,' zei ze tenslotte. 'Dat zijn zulke grote levensvragen, daar is niet een-twee-drie een antwoord op te vinden.'

'Dat begrijp ik ook wel, maar oma zegt altijd: Al verandert er aan de situatie niets, als je je vertrouwen op God mag stellen dan draagt Hij alles mee.'

'En dat is het nu juist,' zei moeder.

Die avond gingen ze weer naar het ziekenhuis waar ze oma heel monter aantroffen. Ze had nog wel steeds een infuus in haar arm, maar ze kon haar andere hand goed bewegen en haar gezicht was ook bijgetrokken. Ze was blij dat ze hen zag.

'Het gaat prima met me,' zei ze bij de begroeting, maar daarna, toen ze een stoel hadden aangeschoven vertelde ze dat ze vanaf het begin had gedacht dat ze niet meer beter zou worden.

'Had u daar een voorgevoel van oma?' vroeg Martha.

'Nee, kind, een voorgevoel niet, maar ik was zo los van alles en ik was het zo met de Heere eens dat ik afscheid van het aardse leven zou moeten nemen. Ik vond het goed, ik had er vrede mee.'

Martha streek over haar hand. 'Gelukkig dat we u nog niet hoeven missen,' zei ze vriendelijk.

Moeder was naar de afdelingskeuken gegaan om

een vaasje te zoeken waar ze de meegebrachte bloemen in kon schikken.

'Gaat het een beetje tussen Frank en jou?' vroeg
oma snel.

Martha schudde haar hoofd. 'Nee, het is nog
steeds niet goed, oma.'

'Och kindje wat jammer, ik zou het je zo gunnen.
Ik denk dat het toch beter zou zijn om de eerste stap
te zetten. Zout op ijs, weet je wel?'

Martha knikte zwijgend.

'Het is zo verschrikkelijk moeilijk om de minste te
zijn als de schuld bij de ander ligt. Dat is een grote
stap. Maar weet je Martha, wij zondigen zo vaak
tegen een barmhartig en goeddoend God. Stel je
voor dat je om vergeving zou vragen omdat je echt
berouw hebt en je zou geen vergeving krijgen. Zo is
God niet. Ik zou er maar eens over denken want...'
Ze hield op omdat moeder naast het bed stond met
de bloemen.

'O, wat mooi. Ze kunnen wel op mijn nachtkastje
staan. Dank je wel hoor.'

'Mag u al fruit eten of gaat dat nog niet?' vroeg
moeder want oma moest heel goed uitkijken dat ze
zich niet zou verslikken in harde stukjes.

'Nee, alleen nog maar sap, maar dat is ook heel
lekker hoor. En eten mag ik ook al wat, zij het heel
voorzichtig. Ik zal blij zijn als ik ook weer wat kan
lezen, maar dat gaat nog niet. Weet je trouwens dat
er aan het ziekenhuis een maatschappelijk werkster is

verbonden? Moeder en Martha knikten tegelijk.

'Ja dat hebben we gehoord. Is ze bij u geweest?'

'Als ik het ziekenhuis uit mag, dan wil ze dat ik een tijdje in het bejaardenhuis ga logeren om te kijken of ik weer terug kan naar mijn eigen huisje. Ik ben toch veel te jong voor een bejaardenhuis, zeg nou zelf Martha, jij bent verpleegster, dat is toch immers niks voor mij?'

'Zover is het nog niet,' suste Martha.

'Misschien kunt u na een tijdje gewoon naar uw huis. Niemand kan in de toekomst kijken.'

'Ja, dat is zo. Ik moet het gewoon overgeven, ik kan mijn eigen weg niet uitstippelen.'

Die nacht kon Martha niet in slaap komen. Ze moest nu verder gaan kijken dan haar neus lang was. Goed, ze kon een paar dagen bij haar ouders blijven maar dan wilde ze weer terug naar haar eigen huis. Frank miste haar blijkbaar helemaal niet want hij liet niets van zich horen. Of misschien was het gesprek met vader wel zo akelig verlopen dat hij dat gewoon niet durfde. Ze had het er niet meer met vader over gehad, maar in de komende dagen zou ze eens gaan uitvissen wat er nu precies allemaal was gezegd en waar ze aan toe was.

Ze liep naar het raam en deed het gordijn opzij. Het was een donkere regenachtige nacht zonder licht van maan en sterren. Het was buiten net zo donker als in haar hart. Ze moest steeds aan oma denken die zo wonderwel opknapte. Die gezegd had: 'Wat is het leven toch snel voorbij.' Als je er voor staat denk je dat er geen eind aan zal komen, zo ver ligt de ouderdom in het verschiet, maar als je oud bent zie je dat het in een flits is voorbijgegaan.

De ouders van Frank waren ook even op bezoek geweest in het ziekenhuis en hadden gezegd dat ze Martha al zo lang niet hadden gezien omdat ze geen visites aankon. Ging het al beter met haar overspannenheid?

Overspannen?

Ze was helemaal niet overspannen, dat had Frank er natuurlijk maar van gemaakt. Zo werd je overal de kwaaie pier.

Ze kreeg opeens zin om al haar kleren in een tas te doen en terug te gaan.

Naar waar ze thuishoorde.

Naar Frank.

Hoe dan ook.

Ze kreeg het koud bij het raam en ze pakte een paar sokken voor haar koude voeten.

Nog een tijdje lag ze in het donker te staren terwijl haar gedachten door elkaar tuimelden.

Eindelijk sliep ze in.

Toen ze de morgen na haar 'piekernacht' wakker werd herinnerde ze zich alles haarfijn. Ze opende haar ogen en keek rond in de slaapkamer. Aan de kastdeur hingen rokken en een vest. Op een kastje lag een stapeltje ondergoed. Twee paar schoenen op de grond en in de hoek van de kamer een tas met toiletspullen. Ze leefde als het ware 'uit een koffer' en het plan om een einde aan deze toestand te maken zou ze vandaag gaan doorzetten. Straks even een lekkere warme douche en dan ging ze van start.

Niet hulpeloos toezien om een ander je leven te laten regelen, maar het zelf doen.

Ze hoorde voetstappen op de trap en de deur ging een klein stukje open.

'Ben je al wakker, Martha?'

Het was moeder die haar hoofd om de deur stak.

'Goedemorgen, moeder,' zei ze. 'Ja, ik ben al wakker hoor en ik heb al liggen bedenken wat ik vandaag allemaal zal gaan doen.'

Moeder kwam nu helemaal binnen en Martha zag dat ze had gehuild.

Verontrust ging Martha in bed zitten en vroeg wat er aan de hand was.

'Och Martha, niemand had het verwacht maar vannacht is oma overleden. Zo maar in haar slaap, waarschijnlijk door een tweede beroerte.'

17

Daarna was natuurlijk alles heel anders dan Martha had gepland. Iedereen was die dag thuis en heel het gezin was diep verslagen. Niemand had er eigenlijk rekening mee gehouden dat dit zou gebeuren.

Bij al het verdriet dat ze hadden was er één troost. Oma was 'goed weg', want het zou dubbel verdriet gegeven hebben als dat niet zo was geweest.

'Ze heeft er zoveel van mogen getuigen,' zei vader. 'Ik ben altijd een beetje jaloers op haar geweest, op de goede manier bedoel ik dan. Oma leefde zo dicht bij de Heere, dat zou ik ook zo graag willen.'

Martha was het volledig met hem eens, oma had altijd zo liefdevol met haar gepraat over het geloof en over de dingen waar ze vragen bij had.

'Ze had het gevoel dat ze niet beter zou worden,' zei Annette. 'Dat heeft ze in het ziekenhuis gezegd. Wij wilden dat niet geloven maar ze heeft het toch goed gevoeld.'

Wat nu te doen, want ze was helemaal alleen?

'Ze heeft het er met mij over gehad,' zei vader. 'Want ze heeft opgeschreven hoe ze het allemaal wilde hebben. Zo eenvoudig mogelijk. Het zit bij elkaar opgeborgen in een map en ze heeft me gezegd waar die ligt en ook gevraagd om voor alles te zorgen. Ieder mens die ouder wordt, moet over de dood nadenken, zei ze altijd.'

'Daar wil ik nog helemaal niet over nadenken,' zei Bart verdrietig. 'Maar ik ben ook nog niet oud.' Hij had het er heel moeilijk mee dat oma zo onverwacht was gestorven terwijl het goed ging. Vader sloeg zijn arm om zijn jongste. 'Natuurlijk hoef je er niet iedere dag aan te denken,' troostte hij, maar iedereen moet sterven, de een jong en de ander oud.'

'Ja, net als Esther,' knikte Bart, 'dat vind ik ook zo erg, want iemand die gestorven is, zie je nooit meer, die komt niet meer terug.'

Vader wilde nog meer zeggen maar zag er op dit moment vanaf. Je moest een ander niet altijd te pas en te onpas belasten. Het kind had al verdriet genoeg.

'Ik zou Frank maar bellen,' zei moeder met een blik op Martha. 'Hij hoort het ook te weten. Straks hoort hij het nog van een vreemde.'

Zo werd Martha opeens voor het blok gezet. Ze keek op haar horloge, ze zou Frank op zijn werk moeten bellen, nu meteen dan maar.

'O, Martha, dat is erg voor jullie,' zei hij meelevend. 'Zo oud was ze nog niet hè?'

'Nee, het is toch nog onverwacht gebeurd, ze ging eigenlijk goed vooruit.'

'Martha...' Frank aarzelde en sprak niet verder.

'Wat is er?'

'Wanneer kom je weer naar huis? Ik mis je.'

Martha's hart maakte als het ware een sprongetje. 'Ik mis je,' zei hij.

Direct daarna drong zich de gedachte aan haar op: Hij mist je om te koken, te wassen, te poetsen, te strijken, maar ze zei er niets van. Ze ging er ook niet verder op in.

'Mijn plan was om vandaag naar huis te gaan, maar er is nu opeens zoveel aan de hand, ik weet nog niet hoe alles loopt.'

'Wanneer weet je het wel?' vroeg hij. 'Zoveel kun je nu niet doen, denk ik.'

'Ik bekijk het hier even en dan bel ik je tussen de middag,' zei ze, nog even het definitieve besluit uitstellende.

'Goed, daar reken ik op.'

Martha zuchtte opgelucht. De beslissing om naar Frank te bellen was door de omstandigheden anders gelopen dan ze had verwacht. Maar er was in ieder geval een begin gemaakt.

'Wat kan ik hier nog voor u doen?' vroeg ze haar ouders.

'Op het ogenblik niets.' Vader keek haar peinzend aan. 'Je zou misschien kunnen helpen om rouwenveloppen te schrijven, maar die hebben we nog niet. Moeder en ik gaan eerst naar het ziekenhuis. We willen oma graag zien en daarna moet alles besproken worden met de begrafenisondernemer.'

'Heb je gepaste kleding?' vroeg moeder. Een praktische vraag die ook aan de orde moest komen.

'Ik heb een zwarte rok en schoenen. Een zwart hoedje ook. Voor de rest zal ik een en ander moeten bijkopen. Panty's bijvoorbeeld.' Martha ging in gedachten haar garderobe na.

'We kunnen misschien ook wel iets van elkaar lenen,' stelde Annette voor.

'Dat komt best goed,' stelde moeder gerust. 'We zullen het in ieder geval met elkaar bespreken en trouwens, het is zo gekocht. Er zijn kledingzaken waar ze alles voor gelegenheden en begrafenissen in voorraad hebben.'

Vader pakte Martha bij haar arm. 'Denk eraan, het geld is geen probleem, hoor.'

'Lief van u,' antwoordde ze. 'Maar het zal wel gaan.'

Wat vervelend dat je opeens zoveel beslommeringen hebt, dacht ze.

Tijdens het middaguur belde ze Frank dat ze naar huis kwam.

'En blijf je dan?'

'Ja, dat ben ik wel van plan. Het is ook mijn huis, ik hoor daar net zo goed als jij.'

'En het avondeten, hoe doen we dat?' vroeg hij voorzichtig.

'Daar zorg ik voor.'

'Fijn,' zuchtte Frank. 'Tot vanavond dan.' Martha was blij met het besluit dat ze had genomen. Het was toch vreselijk om als logee bij je ouders te zijn met een tas vol spullen, terwijl je thuis alles had. Goed, ze had even op adem kunnen komen, maar nu was het wel genoeg geweest.

En het zou van nu af aan anders worden, daar rekende ze op.

Ze was vrouw en moeder. Ze had haar plichten, maar ook haar rechten. Zo was het toch?

Ze deed wat boodschappen voor het avondeten en ging toen naar huis. Terwijl ze binnenstapte rook ze een muf, ongelucht huis. Daar zou ze snel iets aan doen. Eerst de ramen overal openzetten, zodat de frisse lucht erin kon.

Het was rommelig. Gelezen kranten lagen op de grond. Op tafel en aanrecht stonden vuile borden en kopjes. De plantjes stonden sip te kijken en de was-mand was behoorlijk vol. Dat Frank daar geen erg in had gehad! Hij was anders altijd zo precies. Een uur of wat later zag het er beter uit. De afwas was gedaan, de wasmachine draaide en de bedden waren opgemaakt. Haar eigen bed nog steeds in de logeer-kamer. Met pijn in haar hart had ze de lakens recht-getrokken. Dat ze het anders zou gaan doen, bete-kende niet dat het opeens koek en ei zou zijn tussen hen. Eerst moesten de struikelblokken zijn opge-ruimd, dan kon ze verder kijken.

Ze begon vroeg aan het eten, een frisse salade, gebakken aardappelschijfjes en een tartaartje. Een kwarktoetje na.

Het rook lekker toen Frank thuiskwam. Hij bleef even op de voordeurmat staan en snoof de etensgeuren op.

'Ha, lekker,' zei hij hardop.

Martha was weer thuis.

Hij liep op Martha toe en aarzelde. Zou hij zijn armen om haar heen slaan? Wat moest hij doen, wat verwachtte ze?

Martha was hem voor en gaf een kus op zijn wang. 'Dag Frank, ik ben er weer zoals je ziet.'

'En blijf je nu?'

'Jazeker, we komen er best uit,' zei ze optimistisch hoewel ze zich helemaal niet zo voelde.

'O, ik had verwacht dat, nu je thuis gekomen bent, alles weer goed zou zijn. Helemaal goed bedoel ik.' Frank zuchtte, het viel hem tegen dat zijn vrouw niet toeschietelijker tegen hem was. Maar toen dacht hij aan de woorden van zijn schoonvader: Geduld, geduld, geduld! Hij bedwong zijn ergernis en besloot iets aardigs te zeggen.

'Nou, het ziet er goed uit wat je hebt gekookt, ik heb er trek in.'

'Dat komt prima uit. We kunnen aan tafel.'

'Ik vind het erg van je oma, je kon er zo goed mee opschieten. Als ik je ergens mee kan helpen zeg je het maar.'

Martha keek naar zijn gezicht, maar ze kon er niets op lezen.

'Enveloppen schrijven,' zei ze.

Ze aten zwijgend. Na het eten maakte Frank een complimentje dat het zo goed had gesmaakt.

'Ik kan dat niet zo Martha. Een blik opwarmen lukt me wel, maar daar houdt het wel zo'n beetje mee op.'

'Je zou het ook kunnen leren,' zei Martha vriendelijk. 'Al is het maar iets heel eenvoudigs. Een aardappeltje koken, een tartaartje bakken, meer hoeft het niet te zijn want je kunt er een blik groenten bijnemen en een pak yoghurt of vla is al kant en klaar.'

'Maar wanneer zou ik dat moeten doen?'

'Nou ik kan toch in het ziekenhuis liggen of wat dan ook. Dan kun je een beetje voor jezelf zorgen.'

'Of als je wegloopt.'

Martha slikte. 'Ik ben niet weggelopen. Eerst ben ik bij oma geweest, zodat ik makkelijk naar de therapeut kon. En deze keer was ik verdrietig en overstuur, dat is vader toch komen zeggen? Of niet soms?'

'Ja, dat is zo,' zei hij ongemakkelijk. 'Het was niet zo'n leuk gesprek, eerlijk gezegd.'

'Dat kan ik me voorstellen Frank.'

'En moet dat nu zo blijven?'

'Frank, ik wil je een voorstel doen. Laten we, tot na de begrafenis van oma, "wapenstilstand" houden. Ik heb verdriet en ik kan het niet aan om ook nog allerlei moeilijkheden op te lossen. Echt Frank, ik kan het niet.' Hij keek naar haar gezichtje en zette, met tegenzin, zijn eigen ijdelheid en boosheid opzij. Hij kon nu beter maar even zijn verstand laten werken in plaats van zijn gevoel.

'Het is goed,' zei hij.

'Dank je.' Martha's gezicht klaarde op. Even uitstel van alles.

Martha had de uitdrukking 'een mooie begrafenis' altijd heel vreemd gevonden. Bij een begrafenis hoorden de woorden: ziekte, pijn, overlijden, verdriet en wat al niet meer. Maar bij de begrafenis van oma begreep ze opeens wat de mensen ermee bedoelden.

De kerk was bijna helemaal vol want het bleek dat oma heel geliefd was. En de dominee hield een gevoelige preek. Hij wees erop dat oma, ondanks dat ze een zwaar leven had gehad, een kind van God was. Dat had ze met haar leven laten zien. Het waren niet alleen maar woorden, maar ook daden geweest. Ze had mogen getuigen van de hoop die er is in Jezus Christus die zondaren zalig maakt. Daar was ze terecht gekomen, met al haar schuld aan de voet van het kruis. En dat had haar de vreugde gegeven die alle verstand te boven gaat.

Martha gaf de dominee helemaal gelijk. Ze had, toen ze bij oma logeerde veel gesprekken met haar gehad over het geloof en het geestelijk leven. Oma had natuurlijk ook niet overal een antwoord op. Ze verwees direct naar de Bijbel, waar ze veel in las. God was niet altijd te begrijpen, zei ze dan. Er waren nu eenmaal dingen die voor de mensen verborgen bleven en God ter verantwoording roepen mocht natuurlijk nooit. De dominee riep de kerkgangers op om God te zoeken, zich te bekeren en te breken met de zonde. Want, in psalm 86 vers 5 stond het immers heel duidelijk: Want Gij, Heere, zijt goed en gaarne vergevende, en van grote goedertierenheid, allen die U aanroepen.

Na de dienst gingen ze naar het kerkhof. Het was een groot gezelschap want er waren veel familieleden gekomen. Vreemd was dat, dacht Martha. Je zag elkaar bij bruiloften en begrafenissen, eigenlijk zou je toch veel meer contact met elkaar moeten hebben. Maar ja, iedereen had het druk, druk, druk en dan kwam het niet zo gauw tot ontmoetingen.

Gelukkig was het droog want 's morgens waren er flinke regenbuien geweest, maar de lucht was opgeklaard en de zon deed haar best alles met haar stralen te verwarmen.

Frank stond dicht bij haar. Hij zag er keurig uit in zijn donkere pak. Het kostuum waarin hij was getrouwd. Het deed haar denken aan vroeger, toen alles nog goed was.

Op een gegeven moment pakte hij haar hand. Ze schrok ervan en wilde die snel terugtrekken, maar Frank hield hem stevig vast en ze besloot het maar zo te laten om geen opschudding te verwekken.

Waarom deed hij dat? Om te laten zien hoe goed

ze het samen hadden? Een soort demonstratie voor de familie? Nou dat hoefde voor haar helemaal niet. Natuurlijk was het niet nodig om met je problemen te koop te lopen en je moeilijkheden op straat te gooien, maar wat hij nu deed vond ze echt wel een beetje overdreven.

Maar ze bleef rustig staan, net of het heel gewoon was. Er werd op het graf niet veel gesproken, want dat was tijdens de rouwdienst al gebeurd. De dominee sprak de geloofsbelijdenis uit en Martha's vader dankte de mensen voor hun aanwezigheid.

Daarna ging de familie naar een zaaltje in de aula waar koffie werd geschonken en broodjes werden aangeboden.

Op den duur was het een geroezemoes van stemmen. Familieleden die elkaar lang niet hadden gezien wilden bijpraten over alles. Hoe het met de kinderen en kleinkinderen ging. Sommigen hadden foto's bij zich om te laten zien. Aan alles merkte je: het leven ging door.

Het was de kringloop van geboren worden, leven en sterven. Niemand ontkwam eraan.

Martha zat er een beetje verloren bij, oma was weg, ze kwam nooit meer terug. Net zoals Esther nooit meer terug zou komen. Hoeveel pijn doet zo'n leegte, aan gemis wen je nooit. Je moet het een plaatsje kunnen geven en dat kost tijd.

18

Na de begrafenis van oma had Martha veel tijd nodig om weer een beetje tot zichzelf te komen. Ze had het idee dat ze, zonder oma's hulp, er alleen voorstond. Ze kon buitengewoon goed met haar ouders op-schieten maar wat ze met oma had gehad was toch uniek. Iemand die zelf heel veel had meegemaakt kon zich meestal goed verplaatsen in de moeilijkhe-den van de ander. En raad geven! Goede raad en daar had je iets aan. Sommige mensen konden je precies vertellen hoe je alles moest doen. Die dachten alvast voor je. Maar dat was een soort droogzwemmen. Wat je niet had meegemaakt, daar kon je niet over oordelen. Inleven kon maar ten dele, helemaal inle-ven nooit.

Vooral de moeilijkheden in een huwelijk, daar wist een buitenstaander wel raad mee. Die zag er vaak twee kanten van, maar er waren zo ontelbaar veel kanten.

Martha zat er vaak over te peinzen en ze kwam er niet uit. Na de ogenschijnlijke toenadering van Frank was alles weer teruggegleden naar de oude sfeer. Ze waren samen, maar leefden ieder hun eigen leven.

En ze had zich alles zo anders voorgesteld. Vroeger, toen de toekomst helder en zonnig leek was ze gelukkig. Nu was alles in nevelen gehuld.

Ze dacht veel aan de tekst van oma's begrafenis die zo'n indruk op haar had gemaakt. 'Want Gij, Heere, zijt goed en gaarne vergevende, en van grote goedertierenheid, allen die U aanroepen.

En die tekst drukte zwaar op haar, omdat ze Frank niet kon vergeven. Hoe kon ze ooit vergeving van haar zonden krijgen als ze dat zelf niet kon? Vergeef ons onze schulden gelijk ook wij vergeven onze schuldenaren.

Dat was allemaal duidelijk genoeg. Het een hield verband met het ander. Het kon niet zonder elkaar. Waarom bleef ze zo bokkig en halsstarrig?

Vergeven kwam van twee kanten. De een had spijt en vroeg erom, zodat de ander dat kon doen.

Zo was het in het dagelijks leven van een mens ook. Je moest niet gaan leven vanuit de wet. Dit mocht niet en dat moest juist wel. Heel het leven stond dan in het teken van geboden en verboden. Maar God bekeerde geen onberispelijke mensen, omdat ze zo goed bleken te zijn. God bekeerde zondaren. Het was net andersom, want dan was een rein leven de vrucht van het geloof en niet de oorzaak.

Het geloof herkent men aan de vruchten, verontschuldigingen waren er niet. Je kon niet zomaar zeggen: 'Dat deed de oude Adam. Ik ben ook maar een mens.'

Als God je bekeerde, dan wás je er niet. Dan kon je niet zeggen: 'Ziezo, ik bén er.'

Nee, dan begon het pas. De strijd tegen het kwaad. Verzoekingen van de duivel, beproevingen soms, van God. Dan begon er een nieuw leven in het volgen van Jezus.

Dat zou niet altijd makkelijk zijn maar je was nooit meer alleen.

Het was nacht en Martha kon niet slapen. In de andere kamer hoorde ze Frank snurken. Ze zou er wel naar toe willen gaan en zeggen: 'Frank, laten we het goedmaken.' Maar ze durfde niet. Je kon toch iemand midden in de nacht niet wakker maken om iets te zeggen wat je overdag ook had kunnen zeggen? Trouwens hoe zou hij reageren?

Ze besloot uit bed te gaan om in de keuken iets te gaan eten. Meestal kon ze daarna makkelijker in slaap komen.

Ze liep zachtjes de trap af en deed de keukendeur achter zich dicht. Een beschuit met kaas zou er best ingaan en een beker warme melk. Wacht, ze nam deze keer eens warme chocolademelk met een toef slagroom uit een spuitbus. Chocolademelk was nu niet bepaald een slaapmiddel, maar ze wilde zichzelf eens lekker verwennen. Ze smeerde de beschuit en opende de keukenkast om een steelpannetje te pakken. Maar ze greep mis en met een flink lawaai kletterden er verschillende pannetjes uit de kast. De deksels kwamen er achteraan en rolden onder de tafel.

Ze schrok verschrikkelijk en bleef doodstil staan

terwijl ze haar adem inhield. Maar het bleef stil en ze zuchtte opgelucht terwijl ze bukte om de pannen te pakken. Ze zou Frank nog wakker maken.

Toen alles weer op de plaats stond en ze het gas aan wilde steken ging de keukendeur open.

'Wat gebeurt hier allemaal? Ik werd er wakker van.'

'O, niks,' zei Martha. 'Er vielen wat pannetjes per ongeluk uit de kast.'

'Ik dacht dat er een inbreker een ruit insloeg.' Frank keek naar de buitendeur en stelde tevreden vast dat er toch niets bijzonders was gebeurd.

'Wat wilde je eigenlijk gaan doen?' informeerde hij belangstellend.

Martha keek hem aan, zijn haar zat in de war en hij had een oude pyama aan, waarvan ze wist dat die hem lekker zat. Hij stond op zijn blote voeten want hij was kennelijk in haast naar beneden gekomen.

'Ik wilde wat chocolademelk maken omdat ik niet slapen kon.'

'Chocolademelk is geen slaapmiddel, maar werkt oppeppend.'

'Dat weet ik wel, maar met een toef slagroom erop en een beschuit met kaas is dat wel iets lekkers, als je midden in de nacht nog wakker bent.'

'Daar heb je gelijk in.' Hij liep naar de tafel en ging zitten. 'Eerlijk gezegd heb ik best trek in hetzelfde. Zou je voor mij ook chocolademelk met een toef slagroom willen maken? Dat is lekker warm in de maag. De beschuit smeer ik zelf wel. Ik kan nog wel iets.'

Ze keek hem snel aan. 'Ja, natuurlijk,' zei ze toen.

Even later zaten ze samen, tegenover elkaar aan de tafel.

Langzaam dronken ze hun mok leeg.

'Lekker,' zei Frank.

'Ja,' Martha keek hem aan. 'Frank er moet gepraat worden.'

'Dat ben ik volkomen met je eens. Dat wil ik eigenlijk al zo lang, maar je bent zo ver weg, ik kan niet bij je komen.'

Ze haalde diep adem. 'Ik wil je zeggen dat ik je het kan vergeven. Het spijt me dat het zo tussen ons is. Ik had je dit eerder moeten vertellen.'

Hij keek verbaasd op. 'Nee, Martha, ik ben fout geweest. Ik had Lieske niet moeten kussen, want dat is immers de reden van alles. Jij was zo verdrietig over de dood van Esther en toen heb ik je gekwetst en in de steek gelaten. Ik heb me als een schoft gedragen. Ik heb er ontzettend veel berouw van en ik vind het groot, dat je zegt dat je me kunt vergeven. Ik heb dit niet verdiend.'

'Het was heel zwaar Frank.'

'Dat geloof ik, ik was bang dat je bij me weg zou gaan en die gedachte kon ik niet verdragen, want ik houd zoveel van je.'

'Maar het is toch wel een rare situatie zoals we nu leven in ons huis.'

'Ja dat is zo, maar ik heb met de hoop geleefd dat het weer goed zou worden en dat je het me zou kunnen vergeven. Ik...'

Ze keek op.

'Ik ben naar de dominee geweest en heb alles opgebiecht en dat was een hele opluchting. Ik moest het kwijt, het was een steen in mijn maag.'

'En wat zei hij?'

'Dat ik niet netjes had gehandeld. Het viel hem tegen van me. En dat is ook zo. Ik heb me echt niet schoon zitten praten, hoor.'

'Dat snap ik wel.'

'Ik moest geduld, geduld, geduld, hebben. Niets forceren. Want onder druk van een ander kan iets niet goed komen. Het moet van jezelf uitgaan. En je was zo kwetsbaar, je had zoveel verdriet maar ik stond niet naast je.'

Martha knikte. Haar tranen zaten heel hoog maar het was nu geen moment voor zelfmedelijden. Ze moest kalm blijven en het hoofd koel houden.

'Ik heb je gehaat!'

'Is dat nog zo?'

'Nee, anders zou ik immers niet zeggen dat ik je alles wil vergeven.'

'Ja, dat is waar, maar ik kan het wel begrijpen.'

'Nachten en nachten lang heb ik liggen piekeren over de meerwaarde van een huwelijk. Je bent verliefd en je trouwt. Dan denk je een fijn leven te krijgen, een maatje te hebben die door dik en dun achter je staat. Maar dan moet je bijna altijd doen wat de man wil en je kunt niet eens eten waar je zelf dol op bent. Dat lust meneer niet. Zo spannend is het allemaal niet om te stoffen, zuigen, koken, wassen, strijken en wat al niet meer. Het is heel saai en als er dan nog allerlei problemen komen waar je niet op had gerekend dan denk je wel eens: is dit nou alles?'

'Kinderen, moeder worden,' zei Frank.

Het was alsof ze een voltreffer kreeg. Ze kromp in elkaar en keek Frank met open mond aan.

'Hoe kun je dat nu zeggen, hoe kún je? Ik ben toch moeder, maar waar is het kind?'

'Het kind? Ons kind kun je beter zeggen. Ik was er ook vader van!'

Martha boog het hoofd en zweeg. Met haar vinger tekende ze lijntjes op het tafelblad. Zomaar, doelloos leek het. Maar in werkelijkheid schreef ze: Esther, Esther!

'Dat is waar,' zei ze tenslotte. Ze roerde met het lepeltje in de lege mok.

'Waarom hebben we niet eerder gepraat?'

'Ik weet het niet,' zei hij. 'Ik wilde het wel, maar jij niet.'

'Ik dacht er precies zo over.'

'Vind je het huishouden echt zo erg Martha? Ik dacht dat je het fijn vond, je eigen huis, nieuwe spulletjes, samen zijn.'

'Dat "samen" was er niet meer Frank. Ik had het

gevoel dat ik helemaal alleen door de modder ploeg-
de.'

'En je hoeft toch niet altijd te koken wat ik graag
lust en jij niet? Je hoeft jezelf niet tekort te doen.'

Ze haalde haar schouders op. 'Och, dat is het
eigenlijk ook niet. Je voelt je eenzaam en ellendig en
dan ga je zulke dingen zeggen. Je denkt dat je iedereen kwijt bent.'

Hij leunde achterover met zijn stoel en vroeg voor
de tweede keer: 'Kun je me alles vergeven Martha?
Ik heb mijn fouten, ik ben niet volmaakt maar ik heb
er spijt van. Ik weet wel dat woorden vaak goedkoop
lijken, ik zal het moeten bewijzen. Ik wil naast je
staan en je vertrouwen terugwinnen. Is dat mogelijk?'

Martha knikte.

'Ik wil niets liever Frank. Pas op, zo val je met je
stoel achterover.'

Hij ging staan en spreidde zijn armen uit. Martha
vloog erin en klemde zich aan hem vast. Hij sloeg
zijn armen stevig om haar heen en kuste haar be-
traande gezichtje.

'Ik houd van je,' zei hij. 'We gaan opnieuw beginnen.'

Epiloog

En ze waren opnieuw begonnen!

Dagenlang werd er gepraat en ze maakten de afspraak dat, als één van hen het er te kwaad mee kreeg, de ander geduldig zou luisteren. En dat ze er dan samen uit zouden proberen te komen. Het werkte!

Ze brachten een bezoek aan de dominee, die heel blij was dat ze elkaar hadden teruggevonden.

Frank besefte dat zijn vrouw regelmatig complimentjes nodig had om goed te kunnen functioneren.

En Martha kwam tot de ontdekking, dat er niets mis was met het beroep van huisvrouw. Ze zag de taak niet meer als een last, maar begreep dat een man goed zijn werk kan doen als thuis alles op rolletjes loopt.

Zo leerden ze elkaar steeds beter kennen en op elkaar inspelen en vertrouwen.

De seizoenen vergleden, de zomer ging over in de herfst, de herfst in de winter en de winter in de lente. Voor ze het wisten waren er ruim twee jaren voorbij.

De euro was nog steeds moeilijk want als je met guldens was opgegroeid bleef je omrekenen. Maar goed, ze zouden er wel aan wennen.

Er waren ergere dingen in de wereld aan de hand.

Het was een mooie zonnige dag. Martha had de tafel gedekt voor het eten en wachtte tot Frank zou thuiskomen. Hij zou haar helpen met het voeren van de tweeling, die in hun kinderstoeltjes lief zaten te wachten. Het was een geweldige ervaring geweest om twee kinderen tegelijk te krijgen.

Een meisje en een jongetje en ze leken totaal niet op elkaar. Ze waren kerngezond en hadden hun eerste verjaardag al achter de rug.

Het was Martha's diepste wens geweest: weer een kindje te krijgen en toen kregen ze er twee. Wat een geschenk!

De sleutel werd in het slot gestoken en Frank stapte binnen tot grote vreugde van de kinderen.

'Pappa, pappa,' riepen ze en ze werden niet rustig voor ze eerst een knuffel van hun vader hadden gekregen.

Toen kreeg Martha haar knuffel. Frank overzag het liefelijke tafereeltje.

'Wat zijn wij gelukkig,' riep hij lachend.

En Martha beaamde het van harte.